HEITOR E OS SEGREDOS DO AMOR

FRANÇOIS LELORD

HEITOR E OS SEGREDOS DO AMOR

Tradução
Ana Montoia

Sá
editora

Título do original em francês
Hector et les secrets de l'amour

© 2006 Odile Jacob

Capa
Hélio de Almeida

Ilustração de capa
Laurabeatriz

Preparação e revisão de texto
Milfolhas Produção Editorial

Projeto gráfico (miolo)
Eveline Teixeira

Impressão
Bartira Gráfica e Editora S/A

Dados Internacionais de Catalogação na Publicação (CIP)
(Câmara Brasileira do Livro, SP, Brasil)

Lelord, François
   Heitor e os segredos do amor / François Lelord ;
tradução Ana Montoia. – São Paulo : Sá Editora,
2006.

   Título original: Hector et les secrets de l'amour.
   ISBN 85-88193-14-0

   1. Ficção francesa I. Título.

06-8318   CDD - 843

Índices para catálogo sistemático:
   1. Ficção : Literatura francesa   843

Todos os direitos reservados.
Direitos mundiais em língua portuguesa
para o Brasil cedidos à
SÁ EDITORA
Tel./Fax: (11) 5051-9085 / 5052-9112
E-mail: atendimento@saeditora.com.br
www.saeditora.com.br

A todas e a todos que inspiraram Heitor

— Basta dizer a ele: "Caro doutor, o senhor vai nos ajudar a descobrir os segredos do amor." Ele vai pensar, com certeza, que a missão é nobre.
— Você acha mesmo que ele fará a coisa?
— Acho que sim.
— Vai ser preciso convencê-lo. Já tem os meios.
— Acima de tudo, deve lhe dar a impressão de que fará algo útil.
— Então, é melhor contar tudo a ele?
— Sim. Bem, quase tudo... Entende o que quero dizer?
— Claro.

Dois homens de terno cinza conversavam tarde da noite num escritório localizado no alto de um edifício imenso. Pelas janelas envidraçadas, via-se a cidade estendida até a linha do horizonte, brilhante de suas luzes, mas eles não prestavam atenção à paisagem.

Olhavam algumas fotografias tiradas de um dossiê. Eram fotos de um homem jovem, de ar pensativo.

— Psiquiatra, que estranho ofício! — disse o mais velho. — Pergunto-me como conseguem agüentar...

— Também não sei.

O mais jovem, um homem forte dos olhos frios, devolveu todas as fotos à pasta, onde se lia: "Doutor Heitor".

HEITOR E O PAINEL CHINÊS

E ra uma vez um jovem psiquiatra chamado Heitor. Psiquiatra: eis uma profissão interessante, mas, às vezes, bastante difícil e até mesmo exaustiva. Para torná-la menos exaustiva, Heitor providenciou um belo consultório, que enfeitou com quadros dos quais gostava muito. Gostava, sobretudo, de um que tinha trazido da China. Era um grande painel de madeira vermelha, ornado de belíssimos caracteres chineses – ideogramas, para os que preferem os nomes exatos das coisas. Quando se sentia cansado de todas as tristezas que lhe contavam, Heitor olhava para os belos caracteres chineses dourados e talhados na madeira e então ele se sentia melhor. Às vezes, as pessoas que sentavam na poltrona à sua frente para contar suas amarguras lançavam uma olhadela furtiva ao painel chinês. E Heitor achava que isso também lhes fazia bem, pareciam mais tranqüilas e mais apaziguadas.

Alguns perguntavam a Heitor o que significava aquela frase escrita em chinês. Heitor ficava meio sem jeito, porque ele também não sabia. Não sabia ler chinês, menos ainda falar (embora ele tivesse conhecido, um dia, lá na China, uma chinesa muito encantadora). Mas, para quem é doutor, é desagradável dizer que há certas coisas que não sabe, porque os pacientes gostam de pensar que o doutor sabe tudo. Isso os confortava. Por isso, Heitor inventava uma frase, cada vez uma, diferente da outra anterior, tentando encontrar aquela que podia soar melhor para a pessoa que fazia a pergunta.

Por exemplo, para Sofia, uma moça que se divorciara há um ano e que continuava com raiva do pai de seus filhos, Heitor anunciou que a frase chinesa queria dizer: "Aquele que chora por muito tempo a colheita perdida esquece de semear a próxima".

Sofia arregalara os olhos e depois desse dia falava menos daquele abominável monstro, seu ex-marido.

Para Rogério, um senhor que tinha tendência a andar pela rua conversando em voz alta com Deus – Rogério acreditava que Deus também falava com ele, e até ouvia as respostas ressoando em sua mente –, Heitor respondeu que a frase queria dizer: "Quando fala com Deus, o sábio guarda o silêncio".

Rogério retrucou que, de fato, essa afirmação podia ser válida para o deus dos chineses, mas ele, Rogério, falava com Deus, o verdadeiro, e então o certo era se expressar em alto e bom som. Heitor disse que concordava, mas como Deus ouvia tudo e entendia tudo, Rogério não precisava falar muito alto, bastava pensar n'Ele. Isso evitaria que tivesse problemas na rua e terminasse passando longos períodos no hospital. Rogério respondeu que essa era a vontade de Deus, pois a fé se reconhece na provação.

Heitor achava que o novo tratamento que vinha dando a Rogério ajudava-o a falar muito melhor e muito mais. Mas isso não fazia de sua profissão um ofício menos fatigante.

De fato, o que mais cansava Heitor era o amor. Não o amor da *sua* vida, mas o amor da vida dos outros, de toda essa gente que vinha conversar com ele.

Porque o amor parecia uma fonte inesgotável de sofrimentos. Alguns reclamavam por não tê-lo, nem um pouquinho.

– Doutor, minha vida é sem graça, sinto-me tão triste. Queria tanto me apaixonar, sentir que sou amada. Mas acho que isso é para os outros, não para mim.

Ana Maria, por exemplo, fazia sempre esse tipo de comentário. Quando perguntou a Heitor o que queria dizer aquela frase chinesa, Heitor olhou bem para ela. Ana Maria poderia ser uma mulher sedutora, mas vestia-se como sua mãe e gastava toda a sua energia no trabalho. Heitor respondeu: "Aquele que deseja o peixe, deve ir ao rio."

Algum tempo depois, Ana Maria inscreveu-se num coral. Começou a andar mais arrumada, a maquiar-se e a usar umas roupas um pouco menos parecidas com as de sua mãe.

Outros se lastimavam porque tinham amor demais. Da mesma maneira que tem gente cujo sangue contém colesterol em excesso, para outras pessoas era o excesso de amor que ameaçava sua saúde.

— É uma coisa terrível, eu devia dar um basta, sei que nossa história acabou, mas não consigo parar de pensar nisso. O tempo todinho. Acha que eu devia escrever para ele? Ou telefonar? Ou então esperá-lo na saída do escritório, tentar vê-lo?

Essa era Sandra, que, como acontece com certa freqüência, tinha uma história amorosa com um homem que não era livre para ter mais histórias amorosas. De início, ela achou a coisa divertida, porque, era o que dizia a Heitor, não estava apaixonada, mas depois ela ficou apaixonada de verdade, aliás o fulano também. Mesmo assim, eles tinham decidido não se ver mais porque a mulher dele começava a desconfiar de alguma coisa e ele não queria deixá-la. E Sandra, então, sofria muito. Quando perguntou o que o painel chinês queria dizer, Heitor teve de refletir um pouco antes de encontrar a melhor resposta para ela: "Instala tua casa no campo que é teu".

Sandra desatou a soluçar e Heitor não ficou muito satisfeito consigo.

Os homens também sofriam do mal-de-amor, e vinham vê-lo. Aí, os casos eram bem piores: os homens só têm coragem de ir a um psiquiatra quando estão mesmo muito mal, ou quando já cansaram o ouvido de todos os amigos com suas histórias. Ou quando começam a beber em excesso.

Lucas, por exemplo, era um rapaz muito gentil, talvez gentil até demais, que sofria enormemente quando as mulheres o deixavam. E ele escolhia justamente aquelas que não eram nada gentis com ele, sem dúvida porque sua mãe não tinha sido muito gentil quando ele era pequeno. Heitor anunciou que o painel chinês queria dizer: "Se a pantera te dá medo, caça o antílope". E Heitor perguntou bruscamente a si mesmo se havia antílopes na China. Lucas respondeu: "É um tanto cruel como ditado. Os chineses são cruéis, não?".

Heitor entendeu que dessa vez não tinha ganhado a parada.

Outros, e eram muitos, homens e mulheres, reclamavam porque conheceram o grande amor de sua vida, mas agora não amavam mais aquela pessoa, embora ainda vivessem juntos e embora ainda sentissem, os dois, um grande e mútuo afeto.

– Depois de tantos anos, acho que é normal. E a gente se entende tão bem em tudo... Mas há meses não fazemos mais amor... Nós dois juntos, quero dizer.

Nesses casos, Heitor tinha um pouco mais de dificuldade para encontrar um sentido útil às frases do painel chinês. Ou então soltava banalidades: "O sábio vê a beleza de cada estação". Mas nisso, nem ele mesmo acreditava. Outros, ainda, lastimavam-se porque tiveram, sim, um grande amor, mas não pela pessoa certa.

– Ai, ai, ai, eu sei que com ele será um horror, como sempre. Mas não consigo evitar.

Isso dizia Virginia, que ia de paixão em paixão pelos homens que agradam muito às mulheres, o que de início era bem excitante, mas terminava quase sempre em sofrimentos. Heitor conseguiu achar: "Aquele que caça precisa recomeçar todos os dias, aquele que cultiva pode olhar o arroz brotar."

Virginia respondeu que era espantoso o que os chineses conseguiam dizer com apenas quatro letras e Heitor percebeu que ela era um pouco mais esperta que ele.

E havia aqueles que conheceram e viveram o tão desejado amor, mas assim mesmo sentiam-se inquietos.
— É verdade que a gente se ama. Mas ela é mesmo a pessoa certa para mim? Casamento é coisa séria, para o resto da vida. E eu ainda tenho vontade de aproveitar minha liberdade...

Nestes casos, Heitor em geral pedia que falassem de seu pai e de sua mãe, e de como os dois se entendiam.

Outros perguntavam se ainda podiam esperar conhecer o verdadeiro amor, se isso não era coisa boa demais para eles.

— Não vejo quem eu poderia atrair. No fundo, acho que não sou uma pessoa interessante. Veja, o senhor mesmo, doutor, parece entediado.

Então, Heitor despertava, e respondia que não, não, de jeito nenhum, não estava entediado. Depois, odiava-se por isso, porque a boa resposta teria sido: "O que faz você pensar assim?"

Muita gente, enfim, vinha explicar a Heitor que o amor, ou a falta dele, não as deixavam dormir, nem pensar, nem rir, e alguns, até, nem podiam mais viver. Com estes, era preciso tomar muito cuidado, pois Heitor sabia que, por causa do amor, havia quem cometesse suicídio. O que é uma grande bobagem. Nunca faça isso, por favor. E se, por acaso, você andou pensando mesmo em coisas assim, vá logo procurar alguém como Heitor ou então chame um amigo ou uma amiga de verdade para conversar.

Heitor já tinha se apaixonado e sabia muito bem como se pode sofrer por amor, passar noites e dias pensando o tempo inteiro numa certa pessoa que não quer mais nada com você, perguntando a si mesmo o que seria melhor: escrever, telefonar, ou continuar no silêncio, sem conseguir dormir, a menos que esvazie todas as miniaturas do mini-bar do quarto de hotel da cidade para onde foi, justamente, vê-la, mas ela não quer mais ver você. Claro que hoje esse tipo de lembrança ajudava-o a compreender as pessoas que estavam na mesma situação. Heitor lembrava-se também, e não se orgulhava muito disso, das moças que ele fez sofrer por causa do amor: elas o amavam e ele, bem, ele apenas gostava delas. Até aconteceu de ele viver os dois papéis com a mesma namorada, o do carrasco e o da vítima, porque o amor é complicado. Pior, bem pior: o amor é sobretudo imprevisível.

Hoje, esse tipo de tormento tinha acabado para Heitor. (Em todo caso, era o que ele pensava quando começou essa história, mas você vai ver o que aconteceu). Ele tinha uma namorada, Clara, que ele amava muito e que também o amava, e eles pensavam em ter um filho juntos e mesmo em se casar. Heitor estava contente, porque finalmente histórias de amor são mesmo muito cansativas. Então, quando você encontra alguém que você ama e esse alguém ama você, você espera que esta seja sua última história de amor.

Ao mesmo tempo (coisa muito estranha), você fica achando que é um pouco tristonho imaginar que esta seja sua última história de amor. Olha só como o amor é mesmo complicado!

Heitor amava Clara

Uma noite, Heitor voltou para casa com a cabeça cheia de todas as tristes e dolorosas histórias de amor que tinha escutado o dia inteiro, aquelas em que um amava mais que o outro, ou em que os dois se amavam, mas não se entendiam, ou então em que nem um e nem outro se amavam mais e ainda assim não conseguiam amar mais ninguém, e ainda uma série infindável de outras combinações, porque se o amor feliz é um belo país mais ou menos uniforme, o amor infeliz conhece varia-díssimas paisagens, como disse um pouco melhor um grande escritor russo.
Clara ainda não tinha chegado. Estava sempre ocupada com reuniões que terminavam muito tarde. Trabalhava para um grande laboratório farmacêutico que fabricava um monte de remédios importantes. Às vezes, esse laboratório divertia-se engolindo laboratórios menores. Um dia até quis abocanhar um maior que ele, mas o outro não deixou.

Como Clara era uma moça muito conscienciosa que trabalhava bastante, seus chefes estavam satisfeitos com ela e pediam freqüentemente que os substituísse nas reuniões ou então que resumisse para eles dossiês enormes que não tiveram tempo de ler.

Heitor ficava contente, claro, em saber que os chefes confiavam em Clara, mas não gostava que ela chegasse tão tarde em casa, quase sempre cansada, e nem sempre de bom-humor porque os tais chefes contavam com ela para tudo, mas nunca a convidavam às reuniões de fato importantes com os chefões graúdos. Nessas, eles iam sozinhos e fingiam que tinham sido eles a fazer o trabalho todo ou que foram eles que tiveram todas aquelas boas idéias.

Mas, olha só, surpresa! Nessa noite Clara entrou em casa com um sorrisão.

– Dia bom? – perguntou Heitor, que ficou contente vendo Clara entrando, bela e sorridente.

– Ah, não. Nada de especial, um monte de reuniões que não me deixaram tempo para nada. E todo o mundo entrou em pânico porque nosso medicamento líder vai cair em domínio público. Vem aí a baixa dos preços!

– Mas você parece contente.

– É de ver você, meu amor.

E começou a rir. Viu? Clara brincava com o amor. Felizmente, Heitor estava acostumado e sabia que Clara gostava mesmo dele.

– Bem – disse Clara –, isso é verdade, mas também estou contente porque temos um convite.

– Temos?

— Sim. Quer dizer, o convidado é você, mas eu posso ir junto.

Clara tirou da bolsa uma carta e estendeu-a a Heitor.

— Deviam ter enviado pelo correio, mas como sabem que nos conhecemos há um tempão...

Heitor leu a carta. Estava assinada por um senhor muito importante do laboratório em que Clara trabalhava, um daqueles chefões que ela não via quase nunca. Dizia que apreciava muito Heitor (Heitor lembrou: cumprimentaram-se umas duas vezes nos congressos que o laboratório organizava para os psiquiatras) e contava com sua participação em um encontro confidencial, quando então pediriam seu parecer a respeito de um assunto muito importante. Esperava sinceramente que Heitor aceitasse o convite, reiterando a enorme consideração que tinha por sua pessoa.

Uma outra folha indicava o local do futuro encontro: um hotel muito bonito, todo de madeira, instalado numa ilha distante, numa bela praia com palmeiras e um mar muito azul. Heitor ficou pensando por que precisavam viajar para tão longe. É perfeitamente possível refletir em sua própria poltrona. Bem, mas o convite talvez fosse uma maneira de dizer que ele era importante para as pessoas do laboratório.

Uma terceira folha anunciava que, além de ser convidado, Heitor evidentemente seria pago para dar sua opinião. Quando viu a cifra, achou que tinha se enganado de um zero. Mas não: releu-a e era aquilo mesmo.

— Não tem nenhum erro? — perguntou Heitor a Clara.

— Não, a soma é essa mesmo. Os outros convidados receberão a mesma coisa. É mais ou menos o que pediram.

— Os outros?

Ela disse a Heitor o nome de seus colegas também convidados. Heitor conhecia-os. Um deles era psiquiatra já de muito tempo que usava uma gravata borboleta. Especializara-se, com a idade, nos ricos tristes (mas atendia também, de vez em quando, gente mais pobre de quem não recebia nada). O outro convidado era uma senhorinha divertida, especialista em gente que tem problema para cumprir o que cumprem as pessoas apaixonadas. E essa gente estava disposta a pagar somas astronômicas para resolver o problema.

— Bem, isso vai dar umas pequenas férias — disse Heitor.

— Só se for para você — disse Clara. — Para mim, continua a ser o mesmo trabalho de sempre e vou ter de ouvir as mesmas chatices que engulo nas reuniões.

— Mas, de qualquer modo — disse Heitor, — vamos viajar um pouco juntos, finalmente.

— Ah, como você exagera! E a Itália?

— Só fomos porque você tinha um congresso logo depois. É sempre o seu emprego quem determina tudo.

— Preferia que eu virasse uma dondoca, em casa o tempo todo?

— Não, não preferia não. Mas gostaria que você não se deixasse explorar tanto e que voltasse para casa em horas razoáveis.

— Eu trago uma boa notícia e você já está reclamando!

— Foi você quem começou.

— Eu não, foi você!

Heitor e Clara continuaram discutindo e, no fim, foram para a cama sem falar um com o outro, e nem se abraçaram. Tudo isso prova que o amor não é fácil, nem mesmo para os psiquiatras.

Heitor despertou no meio da noite. No escuro, encontrou a caneta luminosa com a qual podia escrever sem acordar Clara. Anotou: "O ideal, no amor, seria não brigar nunca." Refletiu. Não tinha muita certeza disso. Não ousou dar a essa frase o nome de "lição". Querer dar lições sobre o amor parecia um tanto ridículo. Pensou em "reflexões", mas era muito pomposo para uma frase tão simples. Era só um pequeno pensamento, um pouco como uma flor que acaba de brotar e a gente ainda não sabe no que vai dar. Pronto, achou: sua frase era uma flor em botão, uma florzinha. E ele escreveu:

Florzinha número 1: o amor ideal é não brigar nunca.

Refletiu mais um pouco, mas estava difícil, suas pálpebras fechavam-se. Olhou Clara já adormecida.

Florzinha número 2: às vezes, brigamos mais com as pessoas que mais amamos.

Heitor e Clara vão à praia

Na ilha, um recanto da praia parecia pertencer inteirinho a uma enorme tribo de caranguejos cor-de-rosa que não paravam de subir uns em cima dos outros ou então de lutar uns contra os outros. Heitor observava-os e logo entendeu que quando subiam um em cima do outro, eram os machos sobre as fêmeas, e quando brigavam, eram os machos entre si. E por que lutavam? Para poder montar as fêmeas, é óbvio. Até entre os caranguejos, o amor parecia uma coisa meio difícil, sobretudo para os machos, que terminavam perdendo uma pinça no combate. Isso lembrou a Heitor uma frase que lhe dissera uma vez um de seus pacientes, falando de uma mulher pela qual era apaixonado: "Era melhor eu ter cortado um braço do que tê-la encontrado em minha vida". Ele exagerava, claro, ainda mais que, diferente do que acontece com a pinça dos caranguejos, um braço da gente não cresce de novo.

— Então, divertindo-se com seus amigos caranguejos? Era Clara que chegava, vestida num belo maiô branco. Ela já estava um pouco bronzeada e Heitor achou-a tão apetitosa quanto um pêssego fresco.
— Pára! Você é louco, não estamos sozinhos. Cuidado. E tem os caranguejos!
Acontece que, justamente observando os caranguejos, Heitor tinha tido umas idéias... Mas ele também percebeu que as pessoas do laboratório, que estavam tomando seus aperitivos no terraço sobre pilotis do maior bangalô do hotel, olhavam na direção deles. O pôr-do-sol era magnífico, as ondas vindo morrer na praia faziam um doce marujar, Clara estava dourada no sol poente e Heitor pensou consigo mesmo: "Olha aí um belo momento de felicidade". E ele já tinha aprendido que não se deve nunca deixá-los escapar.

A noite caía muito rápido naquele lugar e todo mundo foi jantar no bangalô maior. E o que serviram, como entrada? Adivinhe! Caranguejos!
— Como estamos contentes, vendo vocês todos aqui reunidos! — disse o senhor muito importante do laboratório, que se chamava Gunther. Tinha um ligeiro sotaque e ombros largos. Ele era bem grande, mas vinha de um país pequeno, muito rico, especializado em barras de chocolate e em grandes laboratórios farmacêuticos.
— Ah, sim, e como! — disse sua colaboradora Marie Claire, uma ruiva alta com um sorriso deslumbrante e anéis cintilantes.
Heitor observou que ela e Clara não se gostavam muito. O psiquiatra mais velho não respondeu: estava con-

centrado em seu caranguejo. Tinha deixado a gravata borboleta que usava de hábito e, coisa estranha, com aquela camisa pólo, parecia ainda mais velho do que era. Eis um bom conselho, pensou Heitor: quando ficar velho, use sempre uma gravata borboleta. Ele começou a refletir para saber o que se poderia recomendar às mulheres. Um chapéu?

— Eu já tinha vindo aqui — disse Ethel —, a senhora especializada no amor, e adorei.

Citou o nome de outro grande laboratório que a convidara à mesma ilha e Heitor notou uma nuvem de contrariedade passar pelo sorriso de Gunther e de Marie Claire.

Mas Ethel não notou nada. Como dissemos, era uma senhora divertida que estava sempre de bom humor e que devia fazer muito bem às pessoas que iam vê-la.

— Vocês sabiam que essa parte vermelha do caranguejo é seu aparelho sexual? — perguntou. — Proporcionalmente ao tamanho deles, são incrivelmente bem-dotados!

E ela soltou uma risadinha divertida. Heitor notou que o maître, um homem grande da pele morena, tinha entendido e sorrira ligeiramente.

A cada canto da mesa, havia ainda uns jovenzinhos que também trabalhavam para o laboratório. Era claro que um dia eles seriam os chefes, inclusive as moças.

Justamente uma delas sorriu a Heitor e lhe disse:

— Gostei muito de seu último artigo. O que o senhor diz é tão verdadeiro!

Era um artigo que Heitor escrevera para uma revista conhecida e que explicava por que tanta gente tinha necessidade de ir em busca de psiquiatras.

Heitor respondeu que ficava contente que ela tivesse gostado, mas, ao mesmo tempo, percebeu que Clara, ao contrário, não parecia nada contente, vendo-o conversando com a jovem. Mais tarde, Clara soltou em seu ouvido:
— Essa aí sempre quer dar uma de interessante.

O velho psiquiatra tinha acabado de abrir seu caranguejo e começava a comer delicadamente o pequeno pedaço de carne que reunira no meio do prato.

— Sempre metódico, o meu caro amigo — disse a senhora, rindo. — O prazer, só depois do esforço!

O velho psiquiatra respondeu sem levantar o nariz do prato:

— Sabe muito bem, querida amiga, que na minha idade o esforço, infelizmente, é inevitável.

E todos riram, porque esse era bem o jeito do velho psiquiatra: um gaiato, como se diz.

Chamava-se Arthur e Heitor gostava dele.

Terminado o jantar, Gunther disse que desejava a todos uma boa noite, pois no dia seguinte teriam logo cedo uma reunião. E acrescentou: "a noite é boa conselheira". Parecia contente de ter aprendido a expressão na língua de Heitor, que não era a sua língua materna. Em seu pequeno país, falavam várias línguas diferentes.

Bem mais tarde, quando Heitor pensou de novo em toda essa história e naquela coisa de que a "noite era boa conselheira", ele teve vontade de rir e de chorar ao mesmo tempo.

HEITOR VAI À REUNIÃO

— Muito bem! – disse Gunther. – Estamos todos aqui reunidos essa manhã porque precisamos da inspiração de vocês. Nosso laboratório fabrica os medicamentos do amanhã. Mas sabemos bem que só manteremos nossa posição de vanguarda se nossos medicamentos forem verdadeiramente úteis aos pacientes, e os pacientes, quem os conhece melhor que vocês? Continuou algum tempo falando, para explicar quanto Heitor, Arthur, o velho psiquiatra e Ethel, a senhora divertida, eram pessoas maravilhosas. Estavam todos ali, como no jantar da véspera, naquele belo espaço todo em madeira com vista para a praia.

Pelas grandes janelas sem vidros, Heitor olhava o mar, cinza naquela manhã de céu nublado, o que dava às palmeiras um ar melancólico. Ele observara, no dia anterior, que, saindo da praia e continuando em linha reta pelo mar, dava para chegar à China. E, como eu já disse, Heitor conhecera uma chinesa e de vez em quando pensava nela. Mas era Clara quem ele amava. Pois era Clara, justamente, quem falava agora, projetando umas imagens de um lap-top.

— Eis a evolução do consumo dos antidepressivos nos paises ocidentais...

De fato, as pessoas usavam muito antidepressivos, e cada vez mais, e as mulheres duas vezes mais que os homens.

— Mas isso não impede que quase a metade das depressões deixe de ser diagnosticada, e tratada — continuava Clara.

Era verdade. Heitor recebia em seu consultório gente que sofria de depressão há anos, sem jamais terem sido tratadas. Por outro lado, muita gente tomava antidepressivos sem de fato precisar deles. Mas isso, é claro, não interessava tanto ao laboratório.

Heitor olhava Clara, que falava tão bem, segura de si e muito elegante num conjunto de linho, e sentiu-se muito orgulhoso que uma moça como ela o tivesse escolhido entre tantos outros homens interessados por ela. Lembrando-se dos esforços que ele empreendera na época e do combate dos caranguejos na praia, prometeu a si mesmo anotar em seu bloco:

Florzinha número 3: Nenhum amor se ganha sem luta.

Clara falava do novo antidepressivo que o laboratório lançaria logo mais no mercado e que seria mais eficaz e melhor tolerado que todos os demais. Com esse, a pessoa mais deprimida do mundo ia se pôr a dançar e a cantar pelas ruas!

Gunther agradeceu a Clara por sua "brilhante intervenção" e Heitor viu que Marie Claire, a ruiva grandona, ficou um pouquinho contrariada. Mas, enfim, é sempre assim a vida nos escritórios.

– Acabamos de falar de antidepressivos – disse Gunther –, para dar a vocês uma idéia de como pensamos no futuro. Mas, no fundo, a depressão logo mais será um problema resolvido, do nosso ponto de vista pelo menos. Depois, será só uma questão de controle da população...

"Controle da população": isso dava um pouco de frio na espinha, pensou Heitor, mas Gunther não estava errado.

– ... e a depressão é uma doença – continuava Gunther –, e uma doença que se trata, mas hoje as pessoas não querem mais apenas ser tratadas, querem também viver com boa saúde, isto é, "num estado de bem estar físico e mental". Não sou eu quem o diz, é a Organização Mundial de Saúde. Em suma, as pessoas querem ser fe-li-zes!

E Gunther soltou uma risada sonora que deixou à mostra seus belos dentes. Todos os jovenzinhos riram junto com ele.

De tempos em tempos, o maître, aquele mesmo da véspera, e uma jovem garçonete vestida num sarongue vinham lhes trazer café e Heitor pensou consigo mesmo que certamente eles não estavam pensando em ser "fe-li-zes", mas em alimentar suas famílias. Ele sabia que o preço de um quarto por uma noite nesse hotel correspondia a dois meses do salário médio do país ao qual aquela ilha pertencia. Ao mesmo tempo, é verdade, isso dava trabalho a muita gente que, assim, conseguia sustentar a família inteira.

Heitor observou também que a cada vez que a moça entrava na sala, o velho psiquiatra, Arthur, seguia-a ternamente com o olhar. E quando ela saía, Arthur parecia um pouco triste. Pensou consigo mesmo que um dia ele seria igual a Arthur, o que o entristeceu um pouco.

— Eles têm razão em querer ser felizes — disse Ethel. — A vida é feita para isso!

Ethel, ao contrário, estava tão em forma que até parecia que ela mesma fabricara com seu próprio cérebro o novo antidepressivo do laboratório. Na noite anterior, Heitor tinha saído do quarto para tomar uma fresca na varanda e percebeu um vulto alto saindo do bangalô de Ethel.

— Muito bem — disse Gunther —, acho que concordamos todos com essa valorização da felicidade. Pois então, na opinião de vocês, fora as doenças, os acidentes, os problemas econômicos, o que impede as pessoas de serem felizes?

Fez-se um grande silêncio. Todos tinham suas idéias, mas ninguém ousava falar primeiro. Heitor hesitou, porque pensava se seria mesmo uma boa idéia dar sua opinião antes de ter falado com Clara. Precisava pensar em Clara, porque aquela era uma reunião importante para ela. Mas ele tinha, sim, uma opinião própria a respeito daquilo que impedia, frequentemente, as pessoas de serem felizes.

— O amor.

Todo mundo olhou para o velho psiquiatra, Arthur. Foi ele quem falou primeiro. Como eu já disse, Heitor gostava dele.

HEITOR OUVE FALAR DO AMOR

O velho Arthur falava olhando para o mar, como se a vista o inspirasse. E todos o escutavam no mais perfeito silêncio.
– O amor – dizia ele –, *uma loucura da mente à qual a razão consente.* O verso não é meu, infelizmente. O amor com certeza nos traz as maiores alegrias. A palavra é fraca, aliás: seria melhor dizer nossos maiores êxtases... Esse movimento em direção ao outro, esse exato instante em que o sonho se transforma em realidade, esse estado de graça em que saímos de nós mesmos, essa união dos corpos que nos faz imortais, por alguns instantes ao menos, essa transfiguração do cotidiano ao lado do ser amado, quando seu semblante parece fazer parte de nosso coração e dele não será nunca mais apartado... Mas, às vezes, ah... (Ele suspirou). Quanto sofrimento por causa do amor, que oceano de sofrimentos... O amor desprezado, o amor rejeitado, a falta de amor, o fim do amor, ai de nós...

Que reste-t-il de nos amours?
Que reste-t-il de ces beaux jours?
Bonheur fané, cheveux au vent
Baisers volés, rêves mouvants
Que reste-t-il de tout cela,
Dites-le-moi...

Ele continuou a cantarolar e, para grande surpresa sua, Heitor viu lágrimas brilharem nos olhos de Clara. O velho Arthur percebeu de repente que todo mundo estava emocionado, e aprumou-se.

– Sinto muito, caros amigos, deixei-me levar, só quis responder à sua pergunta: o que pode fazer as pessoas infelizes?

Houve um silêncio, Gunther sorriu e retomou a palavra.

– Obrigado, caro doutor, por sua admirável evocação. Enquanto o ouvíamos, eu pensava que o francês é mesmo a verdadeira língua do amor!

Nesse meio tempo, a jovem de sarongue voltou, trazendo uma bandeja de sucos de fruta e, de novo, o velho Arthur seguiu-a com o olhar, o ar melancólico.

– E agora – continuou Gunther –, dirijo-me a você, cara Ethel. Gostaria de saber seu ponto de vista que, acho, é diferente.

– Ah, sim, e como!

Ela virou-se para o velho psiquiatra.

– Querido Arthur, apresentou-nos uma bela pintura do amor, magnífica, mas triste demais, parece-me. Pois, sem o amor, como a vida seria sem graça e morna! É o amor, ao contrário, que nos transporta, que nos arrebata, que nos faz felizes! Com o amor, a vida é uma aventura permanente, cada encontro um deslumbre, uma fascinação... Nem sempre, claro... Mas, ora, são justamente os amores menos bem sucedidos que nos permitem apreciar os demais. Eu acredito, ao contrário de você, que o amor nos protege da maior infelicidade da vida moderna: o tédio. Pois temos vidas tão protegidas, quero dizer, nos nossos países, pelo menos, que o amor é a última aventura que nos resta. Viva o amor, que nos mantém sempre jovens!

De fato, vendo Ethel, que não era mais tão jovem, a gente concordava que o amor lhe ia muito bem.

Gunther parecia no auge da satisfação.

— Ah — disse ele —, cara Ethel, que retrato feliz do amor nos pintou! O amor, de fato, quantas alegrias! E, aliás, se me permitirem...

Gunther abriu o peito e entoou com uma bela voz de baixo.

L is for the way you look at me
O is for the only one I see
V is very, very extraordinary
E is even more than anyone that you can adore...
LOVE is all that I can give to you
LOVE is more than just a game for two...

Todas as mulheres da mesa pareciam, de repente, ter cedido aos charmes de Gunther cantando (e muito bem!) Nat King Cole. Ele mesmo tomara a desenvoltura, o sorriso e o olhar caloroso de um verdadeiro *crooner* e Heitor sentiu uma ponta de ciúme. Deu uma olhadela para Clara, mas, ó maravilha, ela parecia insensível ao desempenho de Gunther. Ao contrário, parecia até contrariada, o que mais reforçou o amor de Heitor.

No fim, todo mundo aplaudiu, até Heitor, que desprezava em si mesmo seu ciúme tolo e que não queria atrapalhar a carreira de Clara.

— Obrigado, caros amigos — disse Gunther. — Uma pena, ainda não conheço um poema sobre o amor em francês, mas, da próxima vez, contem comigo! Então, e o senhor, caro doutor Heitor, o que pensa do amor?

Heitor fala do amor

Heitor estava embaraçado. Concordava com Arthur e concordava com Ethel, na verdade. Certos dias – dependendo das pessoas que tinha escutado ao longo do dia –, ele cantaria uma ode ao amor; outros, gostaria que inventassem bem rápido um antídoto contra ele. Mas, numa reunião, você não deve só concordar com o que acabaram de dizer porque uma reunião como aquela servia também para mostrar aos demais que você é mesmo uma pessoa interessante. Então, Heitor refletiu um pouco e disse:

– Acho que meus dois colegas falaram muito apropriadamente a respeito do amor. O amor é a fonte de nossas maiores felicidades e o amor é a causa de nossos mais infortunados males.

Heitor percebeu que Clara estava olhando para ele e ficou surpreso ao notar que ela parecia um pouco triste. A fala de Arthur a teria emocionado tanto assim? Continuou:

— Quando escuto meus pacientes, porém, penso muitas vezes que a maior dificuldade do amor está no fato dele ser involuntário. Apaixonamo-nos, às vezes, por quem não nos convém, outras, por quem nos ama mais, e muito freqüentemente não experimentamos amor nenhum por quem nos conviria perfeitamente. O amor não depende de nossa vontade, este é o problema. A história pessoal de cada um provoca certos sentimentos que nos fazem lembrar inconscientemente as emoções da nossa infância ou de nossa adolescência. Amo você porque, sem sabê-lo, você provoca em mim as mesmas emoções que senti com meu pai, ou com minha mãe, ou com meu irmão ou irmã. Ou o contrário dessas emoções, aliás. Há ainda as circunstâncias do encontro amoroso. Todos nós sabemos que nos apaixonamos mais facilmente quando já estamos tocados e perturbados por outra emoção, a surpresa, por exemplo, ou mesmo a dor, ou ainda a compaixão – nessa hora, ele teve uma fugidia visão de certa noite, num táxi, lágrimas escorrendo de encantadores olhos amendoados –, pois sabemos que um estado emocional em alerta favorece as paixões. Poderíamos, aliás, lembrar o papel da música no sentimento amoroso... Mas, como eu não canto como Arthur, não corro portanto risco nenhum de emocionar vocês!

Todos riram, o que foi ótimo, porque, com ar de quem não quer nada, a fala de Arthur tinha mexido com eles.

— Mas eu consigo lembrar alguns versos – continuou Heitor. – Fedra ia casar-se com Teseu, tudo caminhava bem, e eis que Hipólito, o filho de Teseu, portanto seu futuro enteado, apareceu... Bastou! Estava montada a tragédia:

Eu o vi, enrubesci, a seu olhar fraquejei
Um tormento elevou-se em minh'alma dorida
Meus olhos não viam mais, precisei calar.
E senti meu corpo ora gelar ora arder.

– E, tal a pobre Fedra, apaixonamo-nos não por quem queremos, mas por quem nos comove ou perturba, e, às vezes, aquela não era a pessoa certa pela qual devíamos nos apaixonar. Nem sempre a escolha involuntária do objeto amoroso é a melhor. Às vezes é mesmo a pior, e daí advém o sofrimento... E há a situação inversa, a do amor entre um casal, quando, com o passar dos anos, se esvai o amor entre duas pessoas que se amaram e elas não conseguem mais continuar juntas. Sentem que o amor foi definhando, apagando-se, mas não conseguem mais reanimá-lo...

Enquanto falava, Heitor observou que Gunther e sua colaboradora olhavam para ele com uma atenção muito especial. O que o fez estremecer, pois parecia aquele olhar que o gato lança a um rato particularmente apetitoso. Teve de repente a certeza de que os dois tinham algum projeto para ele e perguntou-se se Clara sabia de algo.

Heitor inquieta-se

Logo depois do almoço, Heitor e Clara foram dar uma volta na praia debaixo de um céu ainda cinza.
– Você parecia triste agora há pouco – disse Heitor.
– Não, eu não. – disse Clara. – Ou, talvez sim, pode ser, ouvindo teu velho colega. Fiquei emocionada com ele.
– É, eu também.
Tinham chegado perto de uma pequena tribo de caranguejos. A luta continuava: brigar, montar, brigar...
– Ele precisava ver todos esses caranguejos. Ia reforçar sua opinião: o amor é um sofrimento!
– Vamos – disse Clara –, estremecendo.
Andaram algum tempo sem dizer nada. Heitor inquietou-se. Sentia que havia algo de diferente em Clara.
– Está tudo bem? – perguntou.
– Claro que sim! Que coisa!

Heitor pensou que aquele não era o momento de fazer mais perguntas a ela, mas tentou ainda uma última.

— Tive a impressão de que Gunther e Marie Claire me olhavam de um modo meio estranho. Parece que estão prevendo algo para mim.

Clara parou e olhou para ele. Parecia colérica.

— E acha que eu não diria nada a você, se soubesse?

— Não disse isso. Estou só comentando com você.

Clara se refez. Pensou um pouco e deixou escapar um suspiro.

— É possível. Pensei a mesma coisa.

— De qualquer modo, se for verdade, logo saberemos. Vou tentar manter-me à sua altura.

Clara sorriu, mas Heitor achou que ela ainda guardava um pouco da tristeza de antes.

— Está tudo bem?

— Sim, sim. Olhe, veja, um caranguejo estranho.

Era verdade: um caranguejo maior que os outros deslocava-se lentamente, parando de tempos em tempos, como se observasse a confusão dos demais à sua volta. Mas esse não tentava brigar com ninguém, nem montar nenhuma fêmea. Parecia só um observador, e depois continuava sua marcha lenta, como quem está um pouco triste.

— Esse é o teu colega — disse Clara.

Riram os dois, porque era verdade, esse velho caranguejo parecia-se com Arthur. Heitor pensou que sua vida com Clara era maravilhosa por vários motivos, e por mais esse: ele e Clara riam das mesmas coisas.

Na brincadeira, puseram-se a procurar Ethel entre os caranguejos e eles a encontraram: uma femeazinha muito ágil, que ia de caranguejo em caranguejo.

Heitor notou um macho temível, com duas enormes pinças, que os outros nem tentavam atacar quando ele montava uma fêmea.

– Esse aí é Gunther – disse Heitor.

Clara sorriu, mas ela parecia mesmo triste, Heitor tinha certeza. Súbito, pensou consigo mesmo se não iria ele também sofrer, por causa do amor.

Heitor aceita uma missão

No fim do jantar, Gunther pousou seu charuto no cinzeiro e debruçou-se em direção a Heitor.
– Gostaria que nós conversássemos um pouco mais tranquilamente – disse.
– Quando quiser – disse Heitor.
– Quando os outros se retirarem – disse Gunther. Na mesa, todos pareciam contentes, as pessoas estavam com aquela boa aparência de quem já tinha entrado no mar e começava a bronzear-se e até o velho Arthur parecia alegrinho. Conversava com uma jovem funcionária do laboratório e ela ria bastante. Clara estava empolgada conversando com Ethel e Heitor pegou no ar a palavra "multiorgásmica" que Ethel parecia pronunciar com freqüência.
Depois, todos se levantaram. Começavam a se retirar para seus bangalôs. Heitor fez um pequeno sinal a

Clara e ela também se foi. Vendo-a atravessar a porta lançando a ele uma última olhadela, Heitor teve mais uma vez uma sensação terrível, mas pensou que fosse imaginação sua. Sabia que Clara o amava.

Estavam os três, agora, Heitor, Gunther e Marie Claire, na sala da suíte de Gunther, sentados numas poltronas enormes de madeira tropical. Gunther acendeu de novo seu charuto e o maître do hotel entrou, trazendo as bebidas que ele tinha pedido: conhaque para Gunther e Marie Claire, água de coco com canudinho para Heitor, que nunca gostou de beber depois do jantar. O maître deixou a garrafa de conhaque perto de Gunther.

Lá fora era noite, escutava-se o rumor das ondas e Heitor pensou nos caranguejos que continuavam, quem sabe, a fazer amor debaixo da luz da lua.

Uma pasta enorme estava pousada na mesa de centro e Heitor ficou surpreso ao ler o nome de alguém que ele conhecia: um grande e renomado professor, especialista em felicidade, que ele tinha encontrado uma vez no país do Plus, isto é, para aqueles que gostam de geografia, os Estados Unidos. O grande professor era um homem pequeno e magro com um nariz grande e uma mecha branca no alto da testa, que falava muito rápido e que pensava ainda mais rápido. Trabalhava numa enormidade de complicadas pesquisas para saber se a felicidade, antes de tudo, é uma questão de caráter – você é feliz porque já nasce dotado para a felicidade – ou uma questão de circunstância – você é feliz se tiver em sua vida aquilo que faz você feliz. O grande professor chamava-se Pelicano, o que era um nome engraçado pois, com aquele narigão e aquela mecha branca, ele bem que parecia mesmo um pelicano. Heitor gostava dele e comunicavam-se com certa freqüência pela internet. O que o professor Pelicano lhe contava a respeito da felicidade ajudava Heitor a tratar seus pacientes infelizes. O professor e ele nunca se viam, tinham uma grande diferença de idade, mas uma amizade à distância nascera entre eles.

– Você o conhece – disse Gunther puxando do dossiê uma foto do professor Pelicano.

– Claro.

– Uma grande mente.

– Sim.

– Um pesquisador fora de série.

– Concordo.

Gunther deu uma tragada funda em seu charuto e uma longa baforada, como para se acalmar. Heitor teve a impressão de que ele estava com raiva.

– Trabalhava para nós – disse Marie Claire.

– Sobre a felicidade?

– Não, sobre o amor.

Marie Claire explicou que o grande laboratório vinha financiando novas pesquisas sobre o amor e como o professor Pelicano era um especialista mundialmente reconhecido no estudo das emoções ele passou facilmente da felicidade ao amor, pois os dois sentimentos são ambos complicadas mesclas de emoções. Heitor estava muito interessado. O professor nunca lhe contou dessa nova pesquisa.

– Ele tinha uma cláusula de confidencialidade – explicou Marie Claire –, para ele e toda a sua equipe.

Trabalhavam em conjunto com os pesquisadores de nosso laboratório.

Com o rabo do olho, Heitor observava Gunther, que continuava soltando longas baforadas de seu charuto para se acalmar.

— Estavam pesquisando algum medicamento?

— Lembra-se do que disse essa manhã? Nós não nos apaixonamos exatamente por quem queremos. E não deixamos, às vezes, de estar apaixonados por uma pessoa, embora preferíssemos continuar a amá-la? Buscamos uma solução para esse problema.

Heitor estava perplexo.

— Um medicamento que permite apaixonar-se por quem a gente decidir? Ou continuar apaixonado, quando desejamos?

Marie Claire não respondeu nada e olhou para Gunther, pedindo autorização para continuar. Gunther suspirou.

— Você adivinhou — disse.

Heitor começou a pensar em todas as conseqüências que um remédio desses provocaria na vida das pessoas. Já pensou se alguém fizer outra pessoa tomá-lo contra a sua vontade?

— Ele nos jogou na merda — disse bruscamente Gunther.

Era surpreendente ouvir um palavrão na boca de Gunther. Heitor dessa vez teve certeza de que ele estava com muita raiva do professor Pelicano.

Gunther bebeu um gole de seu conhaque, depois fez sinal a Marie Claire para autorizá-la a prosseguir.

— Nossas equipes desenvolveram três moléculas com ações diferentes. O professor Pelicano estava encarregado de estudar seus efeitos sobre as emoções amorosas de voluntários sadios. O que não sabíamos é que ele mesmo modificava as moléculas que nós lhe fornecíamos, com a ajuda secreta de um químico de sua universidade. Quer dizer que os resultados psicológicos que ele obtinha diziam respeito a esses produtos modificados e não a nossas moléculas originais.

Heitor pensou que sempre tinha achado que o professor era um pouco aloprado mesmo. Agora tinha certeza.

– E quais foram esses resultados?
– Promissores – respondeu Marie Claire.
Heitor sentiu que ela não diria mais nada.
– Ele nos pôs numa merda danada – disse de novo Gunther.

Pela sua voz, dava para perceber que os dois conhaques já surtiam efeito.

Marie Claire explicou que um dia o professor esvaziou dos discos rígidos dos computadores os resultados mais recentes da pesquisa e depois disso desapareceu, com todas as amostras das novas moléculas adulteradas.

– E o químico?
Marie Claire olhou de novo para Gunther, que fez um pequeno sinal com a cabeça.
– O químico enlouqueceu – disse Marie Claire.
– Ficou louco?
– Achamos que ele quis testar uma das novas moléculas em si mesmo. Não tem mais pensamentos coerentes. Ele... está internado.
– Esse maluco – disse Gunther –, começando seu terceiro conhaque.

Marie Claire continuou a explicar que essa pesquisa a respeito do amor tinha custado ao laboratório centenas de milhões de dólares e que estavam chegando aos resultados quando o grande professor desapareceu. Outros laboratórios concorrentes trabalhavam no mesmo tema, era como uma corrida na base de milhões de dólares.

Fez-se silêncio. Gunther e Marie Claire olhavam para ele, Heitor tinha em mente uma questão e estava quase certo de que já conhecia a resposta. Fez a pergunta assim mesmo:

– E por que estão me contando tudo isso?

– Para que você o encontre. É preciso encontrar o professor Pelicano.

HEITOR SE VAI

Q*uem são vocês, para quererem domesticar o amor? Com o pretexto de aliviar a dor e o sofrimento, o que querem é impor a servidão. Pasteurizar os sentimentos, eis o que querem. Pois o professor Pelicano não vai ajudar vocês, o professor Pelicano mira horizontes que desconhecem, vocês que só pensam em empanturrar o mundo com suas droguinhas. O professor Pelicano morre de dó de vocês, porque ele é bom.*

O professor Pelicano tinha mesmo mudado muito: falava de si na terceira pessoa em quase todas as cartas que tinha enviado a Gunther e a Marie Claire. Efeito imprevisto das moléculas que tinha levado junto com ele?

Heitor dobrou a carta e olhou a comissária de bordo que se aproximava com uma taça de champanhe. Ficou satisfeito, pois conhecia o efeito do champanhe. Além do mais, a moça usava uma bela roupa oriental, um vestido longo com uma fenda lateral sobre uma calça de seda. E, você adivinhou, ela era mesmo uma oriental, já que Heitor ia a um país bem perto da China, onde encontraram o último sinal da presença do professor Pelicano. Como este país tinha sido ocupado, antigamente, pelo país de Heitor, ele esperava encontrar muita gente que falasse a sua língua, pois Heitor não era muito dotado para as línguas e, além do mais, as línguas orientais não são as mais fáceis de falar, e menos ainda de escrever.

Mas aquela aeromoça só falava inglês. Perguntou a Heitor se viajava a passeio ou a negócios, e Heitor respondeu "a passeio", pensando consigo como a jovem teria reagido se ele tivesse respondido que estava atrás de um cientista maluco.

Conversar um pouco com a comissária enquanto bebia champanhe fez bem a Heitor. Evitava que ele pensasse em Clara.

Antes de partir em missão, ele teve uma longa conversa com Clara. Ou melhor, ele fez um monte de perguntas a Clara: queria saber por que ela às vezes parecia tão triste. Primeiro, Clara respondeu que não, que não era nada, ela não estava triste, Heitor é que imaginava coisas. Mas, no fim, terminou dizendo que ela continuava a amar Heitor, mas não sabia mais se ainda estava mesmo apaixonada por ele. Heitor engoliu a coisa mais ou menos bem, pois, sendo um psiquiatra, estava habituado a ouvir tudo com um ar muito tranqüilo (e olha que às vezes ele escutava cada coisa!), mas agora, naquele avião, ele precisava mesmo do champanhe e da conversa com a aeromoça para resistir ao desejo de usar o telefone instalado em sua poltrona e ligar para Clara a cada meia-hora. Além de saber muito bem que isso não ia servir para nada, ainda por cima terminaria recebendo uma fatura de telefone que seria de inquietar até mesmo Gunther.

O amor é universal. E, sabendo isso, ainda querem descobrir se progredimos. Mas é claro que sim, podemos jogar para o ar todas as tolices culturalistas, ora ora! Brancos, amarelos, negros e vermelhos, nós todos vibramos com o amor, quaisquer que sejam nossa raça, nossa cultura ou os impostos que pagamos. Aliás, procurem em todos os poemas de amor do mundo inteiro e de qualquer época. Tenho certeza que encontrarão pontos comuns entre eles: a dor de separar-se do ser amado, a alegria do reencontro, a ode a sua beleza e aos êxtases que jura e promete, o desejo de vê-lo sempre triunfar sobre todos os riscos e perigos. Vão lá, leiam, verão que tenho razão, e isso os fará calar a boca, bando de sabichões idiotas.

Antes de escrever essa mensagem, o professor Pelicano devia ter ingerido um outro tipo de pílulas. Heitor sentiu um leve sobressalto quando leu a *dor de separar-se do ser amado*, mas conseguiu concentrar-se de novo para ler todas as mensagens que o professor enviara desde que tinha desaparecido. Havia quase umas cinqüenta cartas e Heitor achava que se as examinasse bem talvez pudesse adivinhar o pensamento do professor, entender o que ele queria, e terminar encontrando-o.

Outras pessoas do laboratório já tinham tentado, é claro, mas ninguém chegou a nenhuma conclusão: para eles, o professor Pelicano tinha ficado louco e pronto.

Tudo o que conseguiram fazer foi descobrir o lugar de onde a mensagem tinha sido enviada pela Internet, e nisso eles eram mesmo muito bons, porque o professor fazia umas coisas bem complicadas para que não soubessem de qual computador ele tinha escrito. Resultado: o pessoal do laboratório precisava de vários dias para localizar a origem das mensagens e quando mandavam alguém até lá o professor já tinha sumido de novo.

Heitor tinha um mapa que assinalava todos os deslocamentos do professor.

Sabiam que as últimas mensagens vieram da Ásia. Portanto, podia ser que o encontrassem ainda por lá. E, sobretudo – essa era a grande aposta de Gunther –, esperavam que o professor quisesse falar com Heitor. Antes de partir, Heitor enviou uma mensagem ao professor:

> *Caro professor Pelicano,*
> *Algumas pessoas que o senhor conhece bem estão à sua procura. Fui enviado na esperança de que eu, mais que eles, possa encontrá-lo. De todo modo, eu ficaria imensamente contente em poder conversar com o senhor e ter notícias suas. Pode me responder a esse endereço, que só eu conheço e que não é vigiado.*
> *Cordialmente.*

Heitor não sabia muito bem o que faria se encontrasse o professor Pelicano. Claro, era pago por Gunther para encontrá-lo e levá-lo de volta, mas como você já deve ter percebido, Heitor tinha mais simpatia pelo professor que por Gunther. Depois, pensava consigo mesmo que o professor talvez tivesse boas razões para ter desaparecido desse jeito.

A comissária voltou com um sorriso, oferecendo-lhe mais um champanhe e Heitor sentiu uma pequena lufada de amor por ela. Quem sabe pediria seu número de telefone?

Pensou que ele era mesmo lamentável.

Abriu seu caderninho e anotou:

Florzinha número 4: o amor de verdade não tem vontade de ser infiel.

Olhou a aeromoça afastar-se com sua sedutora roupa oriental, refletiu mais um pouco e escreveu:

Florzinha número 5: o verdadeiro amor é não ser infiel (mesmo quando a gente tem vontade).

HEITOR APRENDE HISTÓRIA E GEOGRAFIA

Depois de mais um avião (dessa vez com umas hélices que vibravam um bocado), Heitor chegou a uma cidadezinha encravada no meio da selva. O centro daquela cidade tinha sido construído há muito tempo por gente do país de Heitor e assemelhava-se a uma calma cidadezinha de sua infância, com o correio, a prefeitura, as árvores e o Café Central em volta da praça. A diferença é que os habitantes daquela cidade eram orientais, da pele mais escura e dos olhos puxados e miúdos, flanavam tranqüilamente ou paravam para uma conversa aqui ou ali, no Café Central ou em outros bares do centro. Mais os homens, é verdade, porque neste país (como em muitos outros) as mulheres é que trabalhavam. Afastando-se um pouco do centro, porém, as ruas não eram mais calçadas, salvo no bairro dos hotéis, onde eram largas e repletas de palmeiras. A cidade tinha muitos hotéis, aliás, construídos em meio a jardins de árvores frondosas. Belas construções, de madeira, com telhados que respeitavam o estilo local e varandas erguidas sobre pilotis, pois não fazia muito tempo que tinham sido construídos, e isso foi depois daquela época em que os arquitetos enlouqueceram e andaram fincando umas barras grossas de concreto em todo canto do mundo.

Séculos antes, outros arquitetos (que não tinham nada de loucos) projetaram imensos templos de pedra no interior das matas que circundavam a cidade, mais ou menos pela mesma época em que se construíram as catedrais no país de Heitor. Dezenas desses templos espalhavam-se por quilômetros e vinha gente do mundo inteiro visitá-los. Quer dizer que foram os arquitetos dos templos antigos que deram emprego a seus colegas dos séculos seguintes, esses que agora construíam os hotéis, e eles deviam, talvez, edificar um pequeno templo em agradecimento a seus predecessores.

O gerente de um dos mais charmosos hotéis da cidade era um homem mais ou menos jovem e sorridente, que usava uma camisa cheia de bolsos com zíperes e parecia-se um pouco com Tintim. Lembrava-se muito bem do professor, que vivia enviando mensagens do *business center* do hotel.

— Partiu há três dias. Disse que ia ao Laos. Por que está atrás dele?

— É um amigo meu — respondeu Heitor. — E andamos um pouco inquietos com ele ultimamente.

— Ah..., fez o gerente do hotel.

Balançou a cabeça e Heitor percebeu que muitas idéias lhe atravessavam a mente. Mas o gerente não disse nada. Heitor entendeu imediatamente: os gerentes de hotel são um pouco como os psiquiatras, eles vêem e ouvem muitas coisas que não devem contar a ninguém. É o que se chama de segredo profissional. Heitor sempre se entendeu muito bem com os gerentes de hotel. Primeiro porque ele gostava de hotéis e sempre é melhor quando você se dá bem com o gerente. Depois, eles lidam com tanta gente, clientes, fornecedores e mais o pessoal de serviço, que terminam conhecendo algo da natureza humana, um pouco como os psiquiatras. Às vezes, aliás, são mais espertos que eles.

Heitor soube ganhar a confiança do gerente (não vamos contar como, afinal há truques que os psiquiatras devem guardar para si, como os prestidigitadores) e este se pôs a falar do professor Pelicano.

– De início, todos o achavam um doce de pessoa. Ele logo aprendeu um pouco do khmer, o que deixou todo mundo encantado. Os funcionários o adoravam. Sempre tinha uma palavra gentil para cada um. Ia visitar os templos no fim da tarde, depois que a leva de turistas já estava de volta e quando a luz do dia era mais bonita. E passava muito tempo trabalhando em seu quarto. Uma noite, eu o convidei para jantar.

O professor dissera ao gerente que era um pesquisador de borboletas e estava atrás de um tipo muito raro de borboleta que todos os especialistas achavam que já tinha sido extinto. Ele estava persuadido, porém, de que ainda restavam alguns espécimes perto de um certo templo perdido no meio da floresta.

— Tentei desencorajá-lo de ir até lá, porque esse templo está localizado numa região pouco segura, ainda cheia de minas não desativadas.

O que eu ainda não contei a você é que este belo país viveu uma história terrível: uns chefes malucos, que tinham aprendido a razão raciocinante quando estudaram no país de Heitor, decidiram voltar à sua terra para purificá-la. Muita atenção! Quando um grande chefe fala em purificação, a gente já sabe como a história termina, quer dizer, termina tudo muito mal. Quase um terço da população desse país tinha sido dizimada em nome do Bem Supremo. Desde que chegou, Heitor só via moços e moças sorridentes, mas ele tinha a impressão de que esses sorrisos ocultavam terríveis histórias de uma infância abandonada dos pais ou de pais que foram forçados a se transformarem em algozes, ou em vítimas, ou em vítima e algoz ao mesmo tempo. Desse período de terror, sobravam ainda muitas minas que de vez em quando estouravam debaixo dos pés dos que cultivavam sua lavoura ou de crianças brincando perto de uma estrada minada.

— E ele foi, assim mesmo, visitar o templo?
— Pelo menos foi o que me disse. Os problemas começaram quando ele voltou.

O gerente explicou que o professor começou a assediar as massagistas.

— Massagistas?
— É, oferecemos à clientela nossas tradicionais massagens. *Massagens*, entenda bem, nada além disso. Se querem outra coisa, há muitos outros lugares na cidade. Nós aqui recebemos famílias, com crianças. Não se deve mis-

turar as coisas. Pois bem. O professor começou a se comportar de modo inconveniente e as moças vieram me contar. Fui conversar com ele, é sempre um pouco embaraçoso, mas faz parte das situações que tenho de enfrentar no hotel. Às vezes, os clientes são um pouco excessivos com os funcionários, sobretudo aqui, entende? Heitor tinha visto algumas jovens funcionárias e ele entendia, sim.

– E como ele levou a conversa?
– De um modo muito estranho. Ria, como se eu estivesse brincando, mas eu não estava brincando coisa nenhuma. Enfim, pensei que ele tivesse entendido e que ria para disfarçar, como é comum.
– E ele entendeu?
– Acho que não. Partiu no dia seguinte. Com uma de nossas massagistas.

Heitor conhece Vayla

Heitor quis conversar com uma das amigas da jovem massagista que tinha fugido com o professor Pelicano. O gerente concordou e disse que a moça era muito próxima de uma jovem garçonete que ele tinha acabado de contratar, vieram da mesma cidadezinha. Heitor viu-se então no escritório do hotel na frente de uma jovem vestida num sarongue, com ar muito recatado, que lhe fez uma linda saudação oriental juntando as duas mãos e curvando a cabeça. Uma outra jovem da recepção servia de intérprete. Naquele país, todo mundo era jovem.

A moça, que respondia pelo doce nome de Vaylaravanluanayaluaangrea, estava intimidada. Mas terminou contando, baixando os olhos numa nova saudação, que sua amiga tinha dito a ela que, com o professor, ela conhecera um amor nunca dantes experimentado.

— Que espécie de amor? — quis saber Heitor. (Pois há vários tipos de amor, vamos explicar aos poucos).

A jovem Vayla enrubesceu levemente, mas terminou dizendo que sua colega, cujo nome abreviado era Not, tinha dito a ela que o professor era um amante infatigável, o que ela já sabia. Mais que isso, até: ele adivinhava exatamente, a cada instante, seus mais íntimos desejos. Essa experiência pareceu tão extraordinária à pequena massagista que ela decidiu acompanhar o professor aonde quer que ele fosse. Heitor soube por Vayla que Not tinha vinte e três anos e ele lembrava que o professor já passava dos sessenta.

Teria o professor encontrado um dos segredos do amor? Agradeceu à jovem por todas as úteis informações e foi dar um mergulho na piscina do hotel. Achou que se estivesse bem cansado conseguiria dormir sem pensar em Clara.

Um pouco mais tarde, já em seu quarto, Heitor anotou:

Florzinha número 6: o verdadeiro amor é sempre adivinhar o desejo do outro.

Enquanto escrevia, Heitor pensou que essa flor podia ser meio venenosa. Já tinha ouvido muita gente dizer: "se ele (ou ela) me amasse de verdade, saberia o que eu quero sem que eu precisasse dizer", o que não é verdade, porque às vezes a pessoa pode amar você e não entendê-lo muito bem. É melhor você dizer o que quer.

Florzinha numero 7: no amor, é maravilhoso quando o outro adivinha o que você quer, mas também é preciso ajudá-lo, expressando seus desejos.

Heitor pensou nas mulheres que foram apaixonadas por ele e de quem ele negligenciara um pouco as vontades. Depois, pensou em Clara, com quem ele tinha sido sempre muito gentil e dedicado e que agora não sabia se estava mesmo apaixonada por ele. Um pouco com raiva, ele escreveu:
Não se deve dar muita bola aos desejos das mulheres.
Ficou logo arrependido e rabiscou o que tinha escrito. Uma frase dessas corria o risco de estragar a harmonia de seu canteiro de florzinhas.

Então, o que concluir? Se a gente não presta atenção ao que elas querem, as mulheres abandonam você. Se presta atenção demais, elas abandonam assim mesmo. E com os homens devia ser a mesma coisa, certamente.

Pensou que ele gostaria muito de ter uma conversa com o professor e voltou para a piscina.

HEITOR FAZ UM BOM AMIGO

Heitor não gostava muito da idéia de sair por aí explorando um templo recentemente desminado em uma região tão pouco segura, mas como o professor estivera naquele templo antes de desaparecer pensou que afinal isso fazia parte de sua missão. Precisava encontrar algum sinal, um indício. Refletia nisso tudo refestelado à sombra das árvores na beira da piscina, experimentando os coquetéis do hotel para evitar pensar muito em Clara. Hesitava entre o *Singapore Sling* e o *B52*. Os coquetéis e a visão da bonita garçonete que os trazia tinham o poder de distraí-lo. Além do mais, se Clara o abandonasse, pensou, pouco se lhe dava se terminasse estourado por uma mina. Ou, então, ele se recolheria a uma casinha erguida sobre pilotis na entrada da selva com a garçonete bonita e eles teriam lindos netos que cantariam à noite para eles diante do fogo. Afinal, ele escolheu o *B52*.

— Disseram que quer ir ao templo de Benteasaryaramay amanhã...

Heitor tirou os óculos de sol. Um homem assim meio forte com tendência a engordar olhava para ele sorrindo. Também usava uma camisa cheia de bolsos com zíperes e uma bermuda um pouco do estilo militar. De fato, parecia mesmo um militar, mas disse que se chamava Luis Felipe e que era turista. Também queria visitar o templo recentemente desminado.

Heitor convidou-o a sentar-se e a pedir um aperitivo e eles combinaram alugar um carro com motorista para a pequena excursão. Depois, jantaram à beira da piscina e Luis Felipe contou a Heitor que era casado, que viajara a negócios para um país não muito distante daquele e que tinha decidido, antes de voltar a seu país, dar uma olhada nesses famosos templos, que ele já tinha visitado, aliás, com a exceção desse recentemente desminado, que era, diziam, muito interessante.

Como acontece muitas vezes quando estamos em um país estrangeiro, é sempre mais fácil conversar com um compatriota e como Heitor e Luis Felipe simpatizaram um com o outro foram contando um pouco de suas vidas. Claro que Heitor disse que era turista: não falou nada de sua missão. E, a respeito de Clara, só disse que sua namorada não pôde acompanhá-lo por causa do trabalho, o que era verdade, mas não a verdade inteira. Luis Felipe, por sua vez, contou que tinha mulher e filhos, um menino e uma menina já crescidos, mas Heitor ficou com a impressão de que ele também não dizia toda a verdade e pensou consigo se a mulher de Luis Felipe esperava mesmo que ele voltasse para casa ou se já estava cansada dele passar a vida viajando a negócios.

Para fazer turismo nos países quentes é preciso acordar muito cedo e os dois amigos logo se despediram com um boa-noite.

No dia seguinte, não foi fácil encontrar um motorista. Ninguém queria levá-los ao tal templo. Finalmente, encontraram alguém disposto, que ria o tempo todo, e Heitor achou que ele não era muito bom da cabeça. Mas, pensou, vai ver que era esse o jeito das pessoas naquele país e, neste caso, o motorista era normal, como todo mundo. Mas, quando ele notou que os outros motoristas também começaram a rir vendo-os partir, Heitor ficou um pouco inquieto.

Heitor e o templo na floresta

O país dizimado pelos chefes insanos ainda era um belo país. A estrada se estendia atravessando um campo repleto de árvores frondosas e de casas de madeira construídas sobre pilotis. À sombra das casas, viam-se pessoas dormindo numa rede, mulheres acocoradas cozinhando, crianças brincando, cães que balançavam o rabo e, às vezes, umas vacas com uma canga no pescoço que cortavam a estrada sem olhar para os dois lados.

Heitor pensou que aquele país era mesmo muito bonito, mas ele sabia que toda essa beleza vinha de sua pobreza, porque, assim que fosse mais rico, as pessoas iam querer construir aquelas casas horríveis de cimento com balaustradas de plástico moldado, como nos países vizinhos, e veriam supermercados enormes e fábricas e outdoors crescendo na entrada das cidades. Mas, por outro lado, não se podia desejar que essas pessoas continuassem assim tão pobres.

– Esse estúpido errou de caminho – disse Luis Felipe. Ele olhava o mapa, controlando o motorista, e olha, parabéns para ele, porque não é nada fácil se localizar em um país que a gente não conhece! Fez o motorista voltar para o caminho certo, porque mesmo sem falar o khmer, Luis Felipe era do tipo que sabia se fazer entender.

De volta à estrada, o motorista corria a toda velocidade (o que não era muito prudente por causa das vacas) e Luis Felipe ordenou, com uma voz bem firme, que ele fosse mais devagar.

– Meu Deus, não sei onde foram achar um cara desses!

– Foi o único que quis vir para cá – disse Heitor.

O motorista riu.

Para passar o tempo, Luis Felipe e Heitor começaram a conversar. E, como as pessoas não tinham dificuldade em confiar sua vida a Heitor, logo Luis Felipe contou que seu casamento não ia lá muito bem porque sua mulher não gostava que ele viajasse tanto, com seus negócios pela Ásia.

– Claro que ela imagina que nesse tempo que passo fora de casa não sou nenhum santo... Mas eu não queria que a gente se separasse, preferia manter nosso casamento.

Heitor mostrou a ele o que tinha anotado no avião:

Florzinha número 7: o verdadeiro amor é não ser infiel (mesmo quando se tem vontade).

— Sei disso. – disse Luis Felipe, suspirando. – Mas eu não me meto em relacionamentos sérios, nada de firme, só umas escapadas. Não acho que a esteja enganando. O que ela quer? A gente é assim mesmo... Concordo que não é nada de se vangloriar, mas o que se pode fazer?

Heitor lembrou-se de seus próprios pensamentos a respeito da comissária e da bela garçonete do hotel e concordou: ele também não era muito glorioso.

Nesse momento, Luis Felipe olhou o motorista.

— Está dormindo, o maluco! Precisa ser vigiado o tempo todo, santo Deus!

O templo desaparecia no meio da floresta. Quando eu digo que o templo "desaparecia no meio da floresta", poderia também ter dito que a floresta desaparecia no meio do templo, pois árvores imensas tinham crescido em alguns de seus muros e dava para ver as raízes que se enrolavam em torno de um grupo de estátuas como tentáculos de um polvo gigantesco.

O motorista parou o carro debaixo da sombra de uma árvore e ficou olhando Luis Felipe e Heitor, que saíram caminhando e, por alguma razão que só ele sabia, isso o fez rir.

— Não sei como se diz "fulaninho desagradável" em khmer, mas é o que ele é! – disse Luis Felipe.

— Oh, talvez seja sua maneira de nos dizer até logo – retrucou Heitor, que era do tipo a sempre querer arranjar as coisas.

Caminhavam por um pequeno atalho entre as árvores que levava às ruínas do templo. Apesar da sombra, o calor era grande.

Heitor notou uma pequena estaca pintada em vermelho, fincada na beira do caminho.
— Isso quer dizer que aqui foi tudo desminado — disse Felipe. — Está tudo ok.

Heitor pensou que a estaca não indicava nenhuma direção e, portanto, não podiam saber se tinham retirado as minas de antes da estaca, de depois da estaca, ou as minas do caminho todo.

— Há sinais de passos — disse Luis Felipe continuando a andar. — Quer dizer que não há nenhum problema.

Heitor pensou que, afinal, Luis Felipe já conhecia o país. Podia confiar nele.

Chegaram ao centro das ruínas do templo, tomando cuidado para não se afastarem da trilha.

— Magnífico! — exclamou Luis Felipe.

Era verdade. Nas paredes arruinadas pelo tempo viam-se esculpidas na pedra belas dançarinas, sorrindo misteriosamente, sem dúvida porque sabiam que com suas harmoniosas proporções jamais deixariam de ser admiradas pelos amantes das belas artes. Lendo o guia da região, Heitor já tinha entendido por que o professor Pelicano quis vir a esse templo: fora construído por um príncipe que o dedicou ao amor depois de conhecer uma daquelas bailarinas. Imaginou por um instante o rosto de Clara sobre os corpos de todas as dançarinas de pedra e pensou se acaso mandasse construir um templo como aquele só para ela isso não a faria apaixonar-se novamente. Mas, que bobagem... Ela ainda devia estar apaixonada por ele... Pelo menos um pouco, não?

— É muito bonito aqui — ouviu a voz de Luis Felipe.

Heitor seguiu pelo atalho e encontrou Luis Felipe admirando um grande pórtico que o tempo transformara em bancal.

Este palácio deve ter sido fabuloso quando novo, mas hoje, assim em ruínas, tinha um encanto ainda mais sublime. Quase como se fosse um amor desaparecido, pensou Heitor.

Luis Felipe explicou:

— Esse templo serviu-lhes durante um século e depois houveram as guerras, que perderam, e tudo desapareceu sob a floresta.

Heitor observou ainda algumas estacas vermelhas no meio das ruínas.

— Isso é enganação — disse Luis Felipe. — Eles não devem ter tido o cuidado de desminar aqui dentro. Os caras enchiam de minas só a parte externa dos templos.

Heitor pensou se esse templo lhe serviria para alguma coisa. Não teria ido até ali para nada? Salvo, claro, para descobrir o esplendor de uma civilização desaparecida, como a sua um dia desapareceria, talvez, e marcianos visitariam as ruínas de sua cidade imaginando que os semáforos fossem seus ídolos.

Seguia Luis Felipe com dificuldade. Ele tinha começado a escalar uma grande escadaria que já não tinha a construção lateral quando, súbito, escutaram vozes femininas.

Viram duas pequenas japonesas andando por uma galeria superior.

— Não deviam — disse Luis Felipe.

— Por causa das minas?

— Não, porque esse troço todo pode desabar. Mesmo se as garotas não parecem nada pesadas.

Fizeram a elas alguns sinais para lhes dizer que descessem. As japonesinhas sobressaltaram-se quando os viram, depois desceram com uns passinhos miúdos em sua direção, com seus Nike que pareciam maiores que elas e seus bonezinhos brancos.

Assim conheceram Miko e Shizuru. Uma falava bem inglês, a outra nem uma palavra.

Como Heitor estava com calor e começava a se sentir cansado, ficou na sombra conversando com as duas japonesas, enquanto Luis Felipe continuou escalando tudo o que encontrava pelo templo.

Eram duas grandes amigas. Como eu já disse, era fácil conversar com Heitor e Miko logo contou que tinha resolvido fazer uma viagem com Shizuru para ela mudar um pouco de ares porque ela tinha sofrido uma grande decepção amorosa. Heitor olhou a pequena Shizuru que parecia mesmo bem triste com aquele rosto de porcelana. Quase casou com um rapaz que ela amava muito, mas ele resolveu desistir na última hora. E por quê? Porque eles fizeram o que fazem as pessoas apaixonadas e depois disso o noivo achou que se Shizuru fez aquilo antes do casamento é porque ela não era uma moça séria e, portanto, nada de núpcias. Shizuru não parava de pensar nele e taí uma coisa que Heitor podia entender muito bem.

Tentou encontrar uma frase de consolo para Shizuru. Começou: se um rapaz ainda achava isso, é porque ele não servia para casar com uma moça como Shizuru, que ia viajar com uma amiga e visitar um templo recentemente desminado numa região não muito segura. Ela não teria mesmo sido feliz com ele. Miko traduziu para Shizuru, que escutava atentamente, e no fim da frase ela esboçou um sorriso. Finalmente, a história de Shizuru fez Heitor refletir sobre a sua própria idéia do amor: por que a gente continua apaixonado por alguém que faz a gente sofrer? E por que não continuamos sempre e sempre apaixonados por quem quer o nosso bem? Aparentemente, esse mal atingia também os japoneses e isso lembrou a Heitor o recado do professor referindo-se às "tolices culturalistas".

Miko e Shizuru começaram a conversar entre si e depois Miko contou a Heitor que elas tinham encontrado uma escultura muito estranha em um dos recantos do templo, muito diferente das cirandas de dançarinas de sorriso misterioso.

Luis Felipe voltava nesse momento e disse que ele também se interessava muito por essas esculturas. Miko e Shizuru mostraram-lhes o caminho. Seguiram as duas pequenas japonesas por uma seqüência de corredores onde o sol penetrava através de grandes janelas esculpidas na pedra e, súbito, deram na floresta. Miko explicou que bastava acompanhar o muro externo do templo e assim chegariam à escultura.

– Hum... – fez Luis Felipe. – Mas ali vamos cair fora do templo.

– Há pequenas estacas vermelhas – disse Heitor.

– Sei lá.

– Bom, mas elas já passaram por ali.

– A nipônica é levinha e o terreno é fofo – disse Luis Felipe, como se refletisse sozinho.

Retomaram a marcha, em fila indiana, Luis Felipe na frente, seguido por Heitor, por Miko e por Shizuru. Heitor achou bom que não fosse Shizuru a abrir o caminho porque ela também não ia se importar se caísse numa mina e, portanto, não ia prestar muita atenção onde pisava.

— Está tudo bem? — perguntou Heitor a Luis Felipe.
— Sim, sim, tudo ok.

Mas Heitor observou que Luis Felipe avançava olhando atentamente o chão e ele pensou que não estava tudo tão ok e que ia ser uma coisa estúpida saltar em cima de uma mina enquanto fazia turismo ou quando cumpria uma missão para um grande laboratório.

Mas Luis Felipe ia cantarolando, o que provava que não estava muito inquieto. Heitor distinguiu a letra da música:

*Se você crê no destino,
Pegue a mochila e vem saltar...*

E ele pensou que não era de surpreender que Luis Felipe parecesse um militar. Uma pequena brecha abria-se nas paredes do templo e eles penetraram por ela. Deram num pequeno pátio quadrado, dos muros esculpidos com o mesmo gênero de dançarinas. Mas havia um baixo-relevo bem diferente dos outros.

O que agradou muito a Heitor é que aquela escultura podia ser considerada a primeira sessão de psicanálise do mundo. A paciente estava deitada em um divã e a psicanalista, também uma mulher, mantinha-se sentada a seu lado. Não em uma poltrona, é claro, mas no divã mesmo, e ela massageava as pernas da paciente. Como isso se passava no século X, podia-se compreender que a técnica ainda não tinha tido tempo de evoluir. O divã parecia um dragão (certamente uma imagem de sua própria neurose, que a paciente, graças à análise, aprenderia a dominar) e, embaixo dele, havia uma enormidade de peixes, tartarugas e outros animais aquáticos (que representavam evidentemente as forças oriundas das profundezas do inconsciente). Bem à esquerda, distinguia-se o secretário, agendando as consultas.

Heitor pensou que se o professor tivesse visto essa escultura ele teria se interessado imediatamente por ela.

— Bem, isso não é tudo — disse Luis Felipe. — Ainda não terminamos o passeio.

Heitor disse que ele preferia continuar contemplando aquele belo pátio e a primeira sessão de psicanálise do mundo. Miko falou com Shizuru e a coisa se arranjou assim: Luis Felipe e Miko continuavam a explorar o templo enquanto Heitor e Shizuru ficariam ali sossegados esperando-os sentados na sombra.

Escutaram os passos de Luis Felipe e de Miko afastando-se e depois fez-se silêncio. Como Shizuru não falava inglês, nem Heitor o japonês, eles dirigiam um sorriso um ao outro de vez em quando para confirmar que apreciavam a mútua companhia. Meio oculta pelo boné, Shizuru tinha um rosto de uma beleza simples e pura, que permitia entrever um bom caráter e Heitor esperava que o noivo fosse suficientemente inteligente para compreender a tempo seu erro e voltar para Shizuru antes que fosse ela quem o deixasse de amar. Será que dava para perceber que ele também tinha sofrido um duro golpe? O que será que Shizuru pensaria dele?

Nesse momento, os lábios de Shizuru se arredondaram para fazer um "Oooooh" bem vigoroso, o que fez Heitor sobressaltar-se. Ela mostrava uma fenda acima da primeira psicanálise do mundo. Ali se via, meio oculto entre as pedras, um pequeno pedaço de bambu, como a extremidade de uma bengala. Shizuru só o notou graças ao raio de sol que veio, naquele instante, destacá-lo na pedra do muro.

Heitor não era muito bom de escaladas, mas subir nessas paredes esculpidas não era difícil. Pegou o pequeno pedaço de bambu e voltou para perto de Shizuru.

Ela fez de novo "Oooooooh", quando viu Heitor tirar do bambu um rolo de papel. Heitor reconheceu imediatamente a letra do professor Pelicano.

Caro amigo, este bilhete é uma aposta na sorte, mas, afinal, construir uma experiência científica também o é. Eu sabia que eles enviariam você atrás de mim e que falariam da minha visita ao templo. E eu contava com sua curiosidade por esta escultura. Se encontrar esse bilhete, eu ganhei a aposta. Recebi sua mensagem, que demonstra uma tocante ingenuidade, se acha que só você conhece esse endereço eletrônico. De você, eles sabem tudo e ainda mais um pouco.

Estou a ponto de fazer algumas descobertas fundamentais, em companhia de uma encantadora assistente, você já sabe, e esses porcalhões querem vir estragar tudo. Para mantê-los à distância, eu precisava confundir definitivamente as pistas e interromper minha comunicação, mas, num momento ou noutro, vou precisar de um interlocutor como você. Continue a me mandar mensagens pela Internet sabendo, porém, que não serei o único a lê-las, o que pode ajudar. Até lá,

Fuja meu bem-amado!

Seja como a gazela ou a cria das corças, na montanha dos aromatas.

Seu,

Professor Pelicano.

Heitor arrisca-se

Sob o olhar curioso de Shizuru, Heitor mal tinha acabado de ler o recado do professor Pelicano quando escutaram os apelos aterrorizados de Miko.

Precipitaram-se para fora do pequeno pátio e chegaram próximos a uma espécie de caminho circular, invadido pelas árvores e pelo mato, que outrora devia ter sido um fosso. Ali, viram Miko aos gritos, chorando apavorada.

Ajoelhado a seus pés, Luis Felipe parecia cavar delicadamente a terra com as mãos.

– Fiquem onde estão – gritou ele a Heitor. – Diga à japonesinha para voltar para o lugar em que estavam.

Shizuru e Miko puseram-se a falar em japonês, muito rápido e, dessa vez, era Shizuru, ao que tudo indicava, quem confortava Miko.

Heitor insistiu para que Miko viesse até eles, mas ela estava paralisada de medo, incapaz de se mexer. Percebeu que Luis Felipe procurava uma mina e perdera toda confiança no chão à sua volta.

Heitor tentou localizar os lugares por onde Miko e Luis Felipe já tinham passado e levou-a para perto de Shizuru, que tinha ficado plantada sobre uma grande pedra.

— Assim é melhor — disse Luis Felipe. — Não gosto que me olhem quando estou trabalhando.

Finalmente levantou-se, segurando na mão um pequeno objeto de plástico esverdeado.

— Olhando bem, sempre dá para vê-las, sobretudo porque com as chuvas elas afloram à superfície. Terrível mesmo é à noite.

Heitor perguntou-se quando é que Luis Felipe tinha tido a oportunidade de passear à noite num campo minado. Ele deve ter tido uma vida até que bem interessante. Mas Luis Felipe continuava com suas explicações.

— Aqui, não há mais risco, é preciso pelo menos trinta quilos de pressão para fazer saltar essa porcaria.

Ele começou a desaparafusar uma espécie de rolha, tirou um pequeno tubo dali, e outros pequenos objetos, balançou-os com um gesto amplo na floresta e deixou a mina desativada bem à vista em cima de uma pedra.

— Isso vai lhes mostrar que precisam cuidar um pouco mais daqui.

Voltou para perto deles, com ar satisfeito. Heitor lembrava-se de que uma das lições para ser feliz era ter a sensação de fazer algo útil e não havia dúvida nenhuma que Luis Felipe acabava de fazer uma coisa utilíssima!

Shizuru continuava a consolar Miko, e as duas nipônicas abraçadas, como dizia Luis Felipe, eram enternecedoras. Por fim, decidiram que já era hora de voltar. Essa história de mina tinha esfriado o passeio.

Debaixo da árvore, o motorista dormia em cima do volante e, como fazia muito calor, ele tinha deixado todas as portas do carro abertas.

"Oooooh", fizeram de novo as japonesinhas. Miko explicou que elas também tinham vindo de carro, que também tinham um motorista, mas que ele não estava mais ali. Deve ter ido embora sem esperar por elas.

– Não estou gostando nada disso – disse Luis Felipe.

– Nem eu – disse Heitor.

Depois de escaparem das minas, iam talvez expor-se ao segundo perigo dessa bela região: as pessoas. Os chefes que quase dizimaram o país inteiro não estavam mais no poder, mas algumas de suas tropas refugiaram-se na floresta e continuavam a viver por ali se enriquecendo com tráficos diversos: a droga que se cultivava não muito longe, as pedras preciosas que jorravam, quase, do chão, as jovens que eles consideravam uma mercadoria. De tempos em tempos, acontecia de eles seqüestrarem alguém, atrás de um resgate e, às vezes, terminavam matando o seqüestrado (mas era raro, é verdade, porque o novo exército do país ia atrás deles, o que era ruim para os negócios). Morrerem, portanto, era um risco considerado pequeno (tão pequeno quanto encontrar uma mina num templo desminado). Mas o motorista de Miko e de Shizuru tinha ido embora sem elas e essa fuga súbita talvez quisesses dizer que ele sabia de alguma coisa, ao contrário do motorista de Heitor e de Luis Felipe que acordou rindo porque um idiota daqueles não enxerga nada mesmo, dizia Luis Felipe.

Heitor reflete

No carro, para se distrair um pouco e ocupar a mente, Heitor se pôs a pensar no amor. Estava sentado no banco de trás com Miko e Shizuru, e Luis Felipe, ao lado do motorista, observava a estrada com uma atenção extremada.

Heitor pensou no que sentira pela aeromoça que tinha lhe trazido champanhe; pensou também na história de Luis Felipe, que não conseguia se comportar como um santo quando viajava. Podia não ser muito honroso, mas isso também fazia parte do amor: o amor sexual, o desejo, mesmo por alguém que a gente mal conhece e que a gente nem quer, necessariamente, conhecer melhor, salvo para fazer aquilo que fazem as pessoas apaixonadas. Mesmo quando não estão apaixonadas.

A estrada era tão bela na volta quanto na ida, mas agora, com o medo de que a região não fosse segura, tudo parecia ameaçador. Até as vacas pareciam sonsas.

O desejo sexual é uma parte do amor, mas isso ainda não basta. Como é que a gente pode saber que ama mesmo alguém? Luis Felipe tirou um binóculo da sua mochila. Heitor pensou em Clara. Sentia falta dela. Pronto, taí, amar era sentir saudades do outro quando o outro estava longe. Mas Heitor lembrou que, quando era criança e seus pais o deixavam na colônia de férias, ele sentia muita falta da presença deles. (É verdade que era só no começo e que depois de dois dias ele sofria menos, porque já tinha feito novos amigos.) A saudade, portanto, podia também se manifestar num amor que não era sexual.

Uma freada brusca interrompeu seus pensamentos: uma vaca tinha acabado de atravessar a estrada sem olhar para os lados e Luis Felipe soltou vários impropérios que, por sorte, Miko e Shizuru não podiam entender.

Às vezes, a gente sente falta de um amor quase puramente sexual. Heitor tivera pacientes assim, tanto homens quanto mulheres. Diziam mais ou menos o seguinte: "Não temos nada a dizer um ao outro, e eu nem acho que ele seja um cara interessante, mas, na cama..."

Era quase como um vício, que você quer abandonar, mas não consegue, porque, sem ele, sente os efeitos da abstinência.

Abriu seu caderno e anotou:

Florzinha número 8: O desejo sexual é necessário ao amor.

Havia também casais, ele sabia, que se amavam profundamente, mas que quase não faziam mais sexo, embora não estivesse mais na moda dizer isso hoje em dia. Ele acrescentou à sua anotação: *mas nem sempre.*

Florzinha número 9: sentir saudades do ser amado é uma prova de amor.

Nesse momento, ele notou que Luis Felipe falava num celular, que parecia maior que um celular comum e que ele guardou rápido. Heitor teve tempo de entrever um objeto negro e metálico dentro da mochila.

– Está tudo bem? – perguntou.

– Fora de área – retrucou Luis Felipe.

Heitor tinha a impressão de ter escutado Luis Felipe pronunciar algumas palavras ao telefone.

Alguns segundos mais tarde, ele viu um helicóptero sobrevoando o carro, e depois desaparecer.

Lembrou que esse era um meio de transporte que o hotel propusera para chegar ao templo, mas amigos seus sempre lhe disseram que há países em que não se deve nunca usar um helicóptero, e aquele era um desses países.

Pensou de novo em Clara e nas brincadeiras a respeito dos caranguejos, lá na praia da ilha. Naquele instante, não havia entre eles nem desejo nem saudade, claro, porque estavam perto um do outro. Mas aquele tinha sido um grande momento de felicidade, porque eles riam das mesmas coisas. Como qualificar essa espécie de amor?

Miko perguntou o que ele escrevia e Heitor respondeu que anotava suas reflexões a respeito do amor. Miko traduziu para Shizuru e as duas ficaram interessadas. Falar de amor era uma coisa de que as moças sempre gostavam, em todos os países do mundo, Heitor já tinha observado. Os rapazes, nem sempre. Heitor perguntou a elas qual era a maior prova, no Japão, de que se está apaixonado por alguém.

Shizuru e Miko discutiram um pouco entre si e depois disseram que a maior prova de amor era quando se sente saudades do outro e quando se pensa o tempo todo naquela pessoa.

Mais um argumento contra as tolices culturalistas, teria dito o professor Pelicano.

HEITOR SOFRE

Querido Heitor,
Fico triste em saber que você está sozinho e tão longe. Estou bem chateada, porque teria sido melhor esperar que você voltasse para então conversar, mas você me fez tantas perguntas que eu terminei dizendo tudo que me atormentava. E agora que você partiu, pergunto-me se fiz bem em dizer a você que não estava segura de meus sentimentos. Ainda me sinto ligada a você, a prova é que sinto sua falta nesse momento, mas, ao mesmo tempo, e perdoe-me se faço você sofrer, tenho a impressão de que não formamos mais um par. É como se você já fizesse parte da família, mas não como meu futuro marido ou como pai de meus filhos. Mesmo assim, a idéia de nunca mais ver você me dói. De certo modo, tenho vontade de manter você a meu lado, alguns diriam como amigo, mas não é bem isso, a palavra é fraca, você é a pessoa de quem me sinto mais próxima, sem contar suas extraordinárias qualidades.

Você pode pensar que eu acendo e apago o fogo, que não sei o que quero, e acho que você tem um pouco de razão. Nós nos *conhecemos há muito tempo e já tivemos altos e baixos. Uma vez, eu quis que a gente se casasse, mas você não tinha muita vontade de estabelecer uma família. Dizendo isso, sinto que você vai se recriminar por ter deixado passar o momento favorável. Mas não se atormente, é a vida, os sentimentos são involuntários e não podemos nos criticar nem criticar os outros por isso.*

Você continua a ser a pessoa mais importante da minha vida, mesmo se eu não nos vejo mais juntos. É horrível, a cada vez que digo isso tenho a impressão de desferir um golpe dolorido, mas sempre fomos sinceros um com o outro. Cuide-se, seja prudente, e pense que o que quer que aconteça você será sempre meu Heitor.

Abraço.

Heitor engoliu sua dose de vodka-amaretto e esperou que a bela garçonete de sarongue lhe trouxesse a próxima. A noite caía na beira da piscina e ele pensava como ia ocupar seu tempo sem pensar o tempo todo em Clara. Estava fazendo força, justamente, quando reconheceu, no fundo musical do bar, algumas notas melancólicas que anunciavam uma canção que ele conhecia, que já tinha escutado com Clara e que era a última coisa que ele gostaria de ouvir naquela hora:

Je ne t'aime plus, mon amour.
Je ne t'aime plus tous les jours.

E essa doce melodia dilacerou o coração de Heitor.

Luis Felipe chegou e também não parecia nada em forma. Sentou-se sem notar a canção e explicou que tinha acabado de ter uma conversa ao telefone com sua mulher.

– Você acha que a gente pode ter se amado e não se amar mais? – perguntou a Heitor.

Heitor respondeu que temia que isso fosse, de fato, possível. E pensou nas pílulas do professor Pelicano. Por acaso, ele teria alguma que permitisse amar alguém pelo tempo que a gente quisesse?

– Tenho a impressão de que a história com minha mulher acabou – disse Luis Felipe. – E fomos tão felizes juntos...

Pediram uma garrafa de vinho branco, porque os coquetéis eram um pouco enjoativos depois de algumas doses.

Luis Felipe e Heitor puseram-se a trocar suas reflexões sobre as mulheres, o que é sempre um ritual entre homens quando querem ficar bons amigos.

– Primeiro, não sabem o que querem.

– Depois, nunca estão contentes.

– Quando a gente é gentil, elas cobram.

– O pior são os conselhos das amigas.

– Elas querem sempre dominar a gente e, quando conseguem, não estão mais interessadas.

Finalmente, depois da segunda garrafa de vinho, resolveram ir ao centro da cidade e pediram à recepção que chamasse um tuk-tuk, isto é, uma espécie de carrinho de passageiros local, parecidos com os chineses, com a diferença que, no lugar da bicicleta, é uma mobylette que carrega os dois brancos grandalhões que alguém menos branco e não tão grande conduz.

Era até agradável correr ao vento da noite depois do calor do dia. As ruas estavam tranqüilas, com poucos carros e alguns cães, mas havia muitos bares iluminados e algumas casas de massagem anunciadas por néons reluzentes e ostensivos. Parecia que as pessoas daquela cidade precisavam de massagens 24 horas por dia! Devia ser por causa dos exaustivos passeios pelos templos. Mas Heitor lembrou-se do que tinha lhe dito o gerente do hotel e logo adivinhou que não se tratava de massagens dessas comuns.

Finalmente, o tuk-tuk deixou-os num bar, onde vários jovens ocidentais bebiam cerveja e conversavam com mulheres asiáticas. Duas delas logo vieram conversar com eles. Queriam que Heitor e Luis Felipe lhes pagassem uma bebida. Em troca, pareciam prontas a repetir infinitamente que eles eram muito bonitos, tentando fazer com que dissessem o nome do hotel onde estavam hospedados. Riam alegremente, mostrando seus belos dentes, mas em seu olhar Heitor podia ler coisas menos alegres. Irmãos e irmãs para alimentar. Um traficante para reembolsar. Remédios para pagar.

Heitor e Luis Felipe olharam um para o outro.

— Não estou com humor para isso — disse Luis Felipe.

— Nem eu — disse Heitor.

Voltaram ao tuk-tuk e era óbvio que Luis Felipe tinha bebido um bocado porque mal conseguia se sustentar quando tentou subir no carrinho.

— *Kerls, Kerls!* — disse o motorista.

Heitor não entendia o khmer, então ele simplesmente disse "hotel" e recostou-se, cuidando para Luis Felipe não cair do outro lado.

Finalmente, o tuk-tuk deixou-os em outro lugar, uma espécie de depósito sombrio onde um monte de homens acomodava-se tranquilamente numas poltronas. Heitor e Luis Felipe gostaram, porque o sofá era muito mais confortável que o banco duro do tuk-tuk. Heitor percebeu, primeiro, que eles eram os únicos brancos. Depois, viu que à sua frente umas meninas estavam sentadas em cadeiras de plástico debaixo de uma luz muito forte e brilhante. Pareciam colegiais, usavam jeans e camisetas de marca, como no país de Heitor, e sandálias de salto alto que deixavam ver seus pezinhos miúdos. Algumas usavam o celular, outras conversavam ou olhavam o vazio, quase entediadas. Heitor ficou pensando por que as moças estavam sentadas de um lado e os homens do outro e por que elas estavam sentadas debaixo de uma luz tão brilhante que até as fazia piscar. Então, súbito, ele entendeu.

Viu que algumas olhavam para ele com um sorrisinho; outras, ao contrário, escondiam o rosto com ar assustado assim que ele as observava. Mulheres, já, e pareciam tão jovens, ainda na idade de ir para a escola ou de assistir a uma bobagem na televisão. Num país normal, seriam estudantes, vendedoras, estagiárias. Eram asiáticas, mas algumas se pareciam com as filhas de seus amigos ou com suas jovens pacientes. Conversavam entre si como meninas normais de sua idade num país normal, pois um lugar como aquele era normal naquele país e naquela região do mundo.

Heitor percebeu que Luis Felipe também as observava. Lembrou-se dele lhe dizer que sua filha mais velha tinha dezesseis anos.

Heitor e Luis Felipe olharam um para o outro, levantaram-se e se dirigiram para o tuk-tuk.

— *Kerls? Kerls?... Poys?* — gemia o motorista.

— Hotel! Hotel! Hotel! — disse Luis Felipe, um pouco alto demais, pensou Heitor.

O condutor também tinha uma família para sustentar e ganhava uns trocados pelos clientes que levava a esses bares. Mais tarde, em seu quarto, Heitor releu seu caderno e encontrou a

florzinha número 8: o desejo sexual é necessário ao amor,

que ele tinha pensado que não era uma verdade para todo mundo, nem o tempo todo. Pensando nas mocinhas sentadas debaixo da luz, ele escreveu:

Florzinha número 10: o desejo sexual masculino pode criar muitos infernos.

Pensou em todos aqueles homens ali sentados, hesitando antes de escolher, ou que só faziam sonhar porque não tinham dinheiro suficiente para se presentear com meia hora da beleza de uma daquelas moças. Pensou em todos os homens frustrados de seu país, que gostariam de estar ali. E pensou em si mesmo (pois, afinal, o que teria acontecido se aquela fosse outra noite, se tivesse bebido um pouco mais, ou um pouco menos, ou se não tivesse o pensamento grudado em Clara?). Pensou mais uma vez no que dissera o velho Arthur. Se descobrissem um meio para suprimir o desejo sexual, a vida não seria mais doce e mais honesta?

Heitor faz uma escolha

Heitor já se preparava para dormir quando alguém bateu em sua porta. Acendeu a lâmpada de cabeceira, avançou descalço no assoalho de madeira tropical, liso e encerado, e foi abrir. Lá estava a jovem garçonete de nome complicado, sempre bonita em seu sarongue, e ela inclinou-se novamente numa graciosa saudação oriental. Parecia intimidada. Heitor fez sinal para que entrasse. Estava surpreso. Não tinha pedido nada e, além do mais, só nos romances é que sedutoras jovens chegam batendo na porta de seu quarto quando a noite cai. Passando à sua frente, a bela moça estendeu-lhe um envelope. Heitor convidou-a a sentar-se numa das poltronas, o que ela fez, cruzando as pernas embaixo do corpo. À luz do abajur, seu rosto era de uma bela cor de âmbar e sua leve silhueta e seu sorriso davam a impressão de que uma das dançarinas de pedra aproveitara a noite para escapar das paredes do templo e vir até seu quarto. Ela olhava para ele sem dizer nada e ele sentiu-se um pouco constrangido.

Heitor abriu o envelope. Como desconfiara, era uma carta do professor Pelicano.

Caro amigo,
Deixei outro recado no templo, espero que você o tenha encontrado. Advertia-o de que seus atos e gestos são todos vigiados, além de toda a correspondência via internet, seja lá qual for o endereço que usar. Por isso escolhi essa encantadora mensageira, a doce Vayla, para entregar a você esta carta, certo de que sobre ela não pesa nenhuma suspeita, como na história da mulher de César.

Caro amigo, você vai agora penetrar, se quiser, na experiência que eu construí, se sentir que tem coração para isso. Também participará do maior avanço da ciência e do início de uma verdadeira revolução na história da humanidade, que transformará por completo os costumes, a cultura, a arte e, certamente, também a economia. Pense nas mudanças que ocorrerão no mundo se conseguirmos dominar as forças do amor!

Não nos apressemos, porém. Trata-se apenas de uma primeira etapa, eu mesmo ainda sigo tateando, se posso me expressar assim.

A graciosa Vayla leva consigo dois pequenos frascos, que lhe confiei, contendo a solução de uma mistura de duas moléculas. Proponho que vocês dois, simultaneamente, ingiram seu conteúdo em um lugar tranqüilo. Não tema, eu já experimentei a mistura, e pelo tom dessa carta você pode ver que continuo com o juízo perfeito. Simplesmente, para convencer mais facilmente minha querida Not, pouco sensível aos métodos científicos ocidentais, levei-a para tomar meu filtro ao nascer do sol nas ruínas do templo do amor que você visitou. Ali passamos algumas horas tranqüilas e muito intensas, que ela não lastima, mesmo se meu frágil conhecimento do khmer e sua ignorância do inglês não nos permitam muito mais que uma comunicação verbal limitada, aberta porém a outras aproximações e a uma intimidade emocional que a linguagem comum tantas vezes dificulta.

Para evitar os efeitos secundários que observei (e que o gerente do hotel, aquele bobalhão, talvez já lhe tenha descrito), modifiquei a proporção da mistura: menos desejo sexual, mais sentimentos e empatia. Aliás, se não deseja criar entre você e a atraente Vayla um elo mais duradouro, talvez impróprio, desenvolvi uma terceira molécula destinada a apagar os traços emocionais da experiência. Consegui fazer um comprimido. Se decidir que quer tomá-lo, sugiro que convide sua parceira a fazer o mesmo; dê a ela uma metade para evitar que se entristeça para o resto da vida com a sua partida. Eu mesmo não tomei esse antídoto, pois penso que, com a idade que tenho, minha bela e doce companheira é sem dúvida o que posso esperar de melhor da vida. Mas, dirão vocês, e o diálogo? Ora, o diálogo não me interessa mais, afora o que estabeleço com alguns colegas e com você mesmo. Então...

Alegra meu coração, amada minha,
Com um olhar teu, alegra meu coração
Com um dos colares de teu colo.

Isso é tudo, meu caro amigo. Imagino-o lendo esta carta enquanto a seus pés a bela espera uma decisão sua, pronta a lhe oferecer todo o prazer. Devo dizer que o relato do que sua amiga experimentou comigo deve tê-la feito concordar de imediato com a proposta. Além, claro, dos seus próprios atrativos e qualidades, que de modo algum subestimo.

Se souber ler, encontrará um sinal de meu próximo destino e, quem sabe, de nosso próximo encontro.
Amigavelmente,
Chester G. Pelicano

Heitor dobrou e carta e viu os olhos de Vayla levantados para ele, e nesses olhos ele leu uma esperança e uma confiança que raramente vira num ser humano. Sentada sobre suas pernas cruzadas, segurava nas mãos abertas dois pequenos frascos cilíndricos do tamanho de uma tampa de caneta.

Heitor estava atormentado. Sentia-se como um cachorro São Bernardo que devia carregar uma mensagem importante e que, ao mesmo tempo, era tentado por um osso magnífico que acabara de descobrir tentava. Seu espírito debatia-se entre o anjo e o demônio, cada qual buscando convencê-lo. Temia perder sua liberdade, e talvez seu amor por Clara, mas a encantadora Vayla era uma tentação, pronta a se oferecer a ele e ao êxtase que lhe descrevera sua amiga.

Súbito, a carta que ele segurava na mão lembrou-lhe outra, aquela que Clara tinha escrito para ele.

Tenho a impressão de que juntos não formamos mais um par.

Pegou os dois frascos idênticos que as mãos de Vayla ofereciam. Ela sorriu para ele e enlaçou delicadamente suas pernas.

Heitor faz amor.

Mais tarde, ainda meio sonolento, Heitor pensou que o professor Pelicano tinha mesmo acertado ao escolher citar em sua mensagem os versos do Cântico dos Cânticos. Eis um poema que expressava muito bem o que ele sentia por Vayla e que devia ter sido o mesmo sentimento experimentado pelo professor por sua nova namorada.

Heitor tinha acabado de descobrir, naquelas horas passadas com Vayla, uma mescla de emoções variadas, que nem sempre sentiu pela mesma pessoa: uma enorme excitação sexual, é bom dizer, e ao mesmo tempo uma onda de doce afeto e grande ternura. Quando Vayla queria que ele fosse mais forte que terno ou, em outros momentos, mais terno que forte, Heitor sempre adivinhava o desejo dele, sentindo sua ternura estender-se a ela como uma corrente tão forte quanto seu próprio desejo. No olhar de Vayla mergulhado no seu, via que ela compartilhava das mesmas emoções intensas. No céu, alçado pelas ondas ascendentes de seu amor, Heitor não podia deixar de fazer perguntas a si mesmo: como seria a queda? Não esqueça que Heitor é psiquiatra e tende sempre a observar aquilo que ele e os outros sentem, mesmo quando está no auge da ação. Quais lembranças, quais marcas emocionais deixariam esses momentos, nele e em Vayla?

Felizmente, o professor previra um antídoto que permitiria desfazer esse elo criado em plena fusão, como um ferro que se forja na brasa, mas que pode ser novamente fundido.

Heitor olhou Vayla, estendida nua na cama, suas longas pálpebras fechadas, um sorriso em seus lábios docemente entreabertos, os braços levantados de cada lado da cabeça, as pernas repousando flexionadas de lado, viva réplica de uma das dançarinas de pedra – *apsara,* ele tinha aprendido – que ornavam as paredes do templo. Sem dúvida, uma de suas ancestrais tinha servido de modelo e, como nesse país não se viajava muito, esse pequeno tesouro de harmonia transmitira-se de geração em geração até terminar repousando naquele leito, ali a seu lado. A psiquiatria é interessante, mas as viagens, pensou Heitor, são também muito educativas.

Vayla abriu os olhos, sorriu, e estendeu os braços para ele. Heitor soube imediatamente o que devia fazer, mas isso ele teria com certeza adivinhado mesmo sem a pílula do professor.

Depois, veio a aurora. A floresta em torno do hotel pôs-se em murmúrios e em cantos de pássaros, e u-u-us

queixosos pareciam anunciar a presença de macacos. Heitor e Vayla tiveram ainda alguns momentos entre o despertar e a sonolência. De repente, já era meio-dia, o sol estava a pino e a floresta se calara.
O telefone tocou. Era Luis Felipe.
– Está tudo bem? – perguntou.
Heitor olhou Vayla adormecida.
– Melhor impossível – disse.
Sentia um certo temor, porém, porque tinha vontade de proteger Vayla a vida inteira, de tê-la sempre junto de si, de fazer amor com ela até seu último suspiro. Sentia-se como levado por uma poderosa torrente à qual não podia opor resistência.
– Vamos almoçar? – perguntou Luis Felipe.
– Ótimo.
Precisava despertar completamente para tomar, rápido, o antídoto, dividindo-o com Vayla. Sentiu os braços dele sobre seu ombro. Virou-se e mergulhou novamente no olhar dele e em seu sorriso, ao mesmo tempo encantado e atemorizado pela emoção que sentia, e que ele sentia que ela também partilhava naquele mesmo instante, o maravilhamento nos olhos, as palpitações de seu coração contra o seu peito. Já era tempo de tomar o antídoto. Ele não podia unir-se a ela, nem ela a ele.
Mas, quando Heitor pediu, gesticulando, o comprimido de antídoto prometido pelo professor, Vayla fez ar de surpresa. Não parecia entender.
Heitor pegou a caneta e o bloco de anotações do hotel, desenhou os dois frascos e, ao lado, um comprimido oval. Vayla olhava seu desenho atentamente, pa-

recia uma jovem gazela que vê pela primeira vez um coelho. Heitor desenhou um comprimido redondo. Vayla sorriu e enrubesceu um pouco, olhou para Heitor e depois mostrou seus dedos, bem finos. Ele entendeu: ela achava que ele tinha desenhado um anel.

Heitor desenhou comprimidos de todas as formas, triangulares, retangulares, em forma de pêra, de coração e de trevo de quatro folhas. Fez a mesma coisa com uma bola de papel, mas isso pareceu não provocar outro efeito senão divertir Vayla. Ela devia achar que ele queria fazê-la rir. E Heitor não podia mesmo evitar o riso quando a via rindo. O professor era um maldito farsante. Ele não tinha dado o antídoto para Vayla. Ou, vai ver, o antídoto nem existia.

Agora, ele era mesmo obrigado a encontrar o professor Pelicano.

Heitor descansa

– Você parece incrivelmente em forma! – disse Luis Felipe.
– Acho que eu gosto desse clima.
Luis Felipe se pôs a rir.
– Você seria o primeiro!
Almoçaram à sombra do bar: garçonetes que se pareciam estranhamente com Vayla serviam a eles saladas ou pequenos sanduíches. Na piscina, crianças de pele clara brincavam com babás da pele morena. Apesar da sombra, Luis Felipe não tirou seus óculos escuros e parecia um pouco abatido a despeito de sua aparência geral de boa saúde.
Heitor pensou em Vayla. Há pouco, ela saíra sub-repticiamente do quarto. Heitor não tinha entendido para onde ela ia, mas sabia que ela obviamente não podia ser vista na companhia de um cliente. Ardia de desejo de encontrá-la, mesmo sabendo que era uma loucura.

E se o antídoto não existisse? Passaria o resto da vida perto desses templos? Ou levaria Vayla para seu país?
— Vai visitar outros templos? — perguntou Luis Felipe.
— Não, acho que não — disse Heitor. — Já vi tudo o que eu queria ver. E você?
— Ainda não sei. Estou pensando.
— De qualquer modo, foi muito agradável o passeio de ontem. E parabéns pela aula de desativação de minas!
— Ah — disse Luis Felipe dando de ombros —, aquilo não era grande coisa. Nem estava armada.
— Armada?

Luis Felipe explicou que, além da mina que explode sob o peso de alguém caminhando sobre ela, às vezes usavam também uma mina ligada por um fio a outra mina mais embaixo, e quando a primeira era acionada, a outra explodia no seu rosto. No seu rosto é modo de dizer, claro, porque no segundo em que ela explode, você não tem mais rosto nenhum.

Heitor sempre ficava deprimido quando refletia sobre todo o mal que os homens são capazes de fazer uns aos outros. Imaginava o gentil engenheiro voltando à noite para casa, contando aos filhos uma história de ninar, conversando com sua gentil esposa. Não estaria mesmo na hora de mudarem de casa? Assim, cada criança teria seu próprio quarto... Depois, antes de dormir, o dedicado engenheiro prepararia a reunião do dia seguinte, quando faria uma bela apresentação, usando o power-point, a respeito da nova bomba que acabara de inventar, prevista com explosivos suficientes para destruir um só homem de cada vez, porque um soldado ferido para carregar acabava diminuindo o passo e desmoralizava a tropa muito mais que um soldado morto; sem contar seus gemidos, que podiam denunciá-los ao inimigo. Tanta astúcia e tanta energia gasta para fazer o mal, ao passo que as pilulazinhas do professor Pelicano serviam para gastar a energia da gente com o bem que fazíamos uns aos outros...

Evidentemente, uma nação que pudesse dispor de tais pílulas não faria mais a guerra, todo mundo ia preferir ficar em casa, amando-se e amando-se ainda mais. Essas moléculas não seriam muito úteis para a defesa nacional.

– E onde é que você aprendeu isso tudo? – perguntou Heitor a Luis Felipe.

– No tempo do serviço militar – disse Luis Felipe. – Engenharia de minas. Minar e desminar. Arapucas e armadilhas, enfim.

De repente, quem é que chegava por ali? Miko e Shizuru! Surpresa nenhuma: elas estavam hospedadas no mesmo hotel...

As duas foram cumprimentá-los e Heitor e Luis Felipe, que eram verdadeiros *gentlemen*, convidaram-nas a sentar-se junto com eles.

Eram mesmo engraçadinhas, as duas japonesas: sem o chapéu, com aquele narizinho, os olhos miúdos e estirados e os cabelos cor de cobre, pareciam dois encantadores esquilinhos. Pediram uns espetinhos com um nome japonês: *teriyaki*.

Trocaram algumas palavras guturais em japonês e depois Miko perguntou a Heitor o que estava escrito no papel que ele tinha encontrado no templo. Droga, Shizuru deve ter contado a ela seu achado!

— Uma carta de algum apaixonado — disse Heitor. — "Chester e Rosalina estiveram aqui e se amarão para sempre."

Teria preferido evitar o nome Chester, que era o nome do professor Pelicano, mas ele precisou improvisar e o nome saiu sem querer.

— Que carta? — perguntou Luis Felipe.

Heitor explicou, e disse que devia ser uma moda que podia pegar no templo do amor: deixar recados, como num altar budista.

— Você não guardou a carta? — perguntou Luis Felipe.

— Não, acho que eu a perdi, na hora da mina não pensei mais nela.

Era verdade. Distraiu-se quando precisou levar Miko para longe da mina e ele não sabia mais o que tinha feito do papel. O que não era muito grave.

— Será que o desejo deles vai se realizar se o papel não estiver mais no lugar?

— É a intenção que conta — disse Heitor.

Miko e Shizuru trocaram mais algumas palavras e Miko disse que Shizuru tinha devolvido o papel ao pedaço de bambu e o pedaço de bambu ao muro. No Japão, não se deixa nada pelo chão e todos respeitam as oferendas nos templos.

— Acho que ainda vou ficar por aqui mais um dia ou dois — disse Luis Felipe. — Quero visitar outros templos.

Shizuru parecia menos triste que na véspera. Ela não falava inglês, mas entendia um pouquinho da língua de Heitor e de Luis Felipe.

— *Só uma pouquinha* — disse ela.

— E vocês, para onde vão? — perguntou Heitor.

Ainda não sabiam. Talvez à China. E o que faziam, no Japão? Miko explicou que as duas trabalhavam em uma organização não governamental ocupada em preservar tudo que podia desaparecer do mundo: animais ameaçados de extinção, templos antigos ou rios ainda não poluídos. A função de Miko, por exemplo, era ir atrás de dinheiro para restaurar os templos antigos. Shizuru, por sua vez, fazia belíssimos desenhos das ruínas para convencer as pessoas que deviam contribuir com a causa. Isso não foi surpresa para Heitor, que tinha logo percebido a natureza profundamente artística de Shizuru.

Sem nem se darem conta, Luis Felipe e Heitor estavam jogando charme pro lado das duas japonesas bonitinhas e as duas, aliás, pareciam bem satisfeitas.

Nessa hora, uma garçonete parecida com Vayla aproximou-se, com cara de poucos amigos. Mas era Vayla, justamente, vestida de garçonete, isto é, com um sarongue brilhoso! A expressão facial das emoções é universal, Heitor já tinha aprendido isso na faculdade (mais um golpe contra as tolices... teria dito o professor) e ele logo percebeu que Vayla não estava nada contente.

Luis Felipe parecia impressionado.

— Quem diria, você não deixa barato, meu caro!

— A sorte do principiante — respondeu Heitor.

Vayla partiu com um passo decidido e, sem que ela dissesse nada Heitor, compreendeu perfeitamente que iam se encontrar em seu quarto. O que não resolvia seu problema, muito pelo contrário. Em todo caso, se a pílula do professor Pelicano provocava o amor, ela não tinha o dom de suprimir o ciúme. E podia ser diferente, afinal? O amor não era inseparável do ciúme? Antes de se despedir de Miko e de Shizuru, também surpresas com a aparição súbita e raivosa de Vayla, como se fosse uma deusa hostil capaz de lançar um raio fulminante só com um olhar, Heitor teve tempo de anotar em seu caderninho:

Florzinha numero 11: o ciúme acompanha o amor.

Heitor sabe ler

Ao despertar, Heitor notou que Vayla tinha uma tatuagem minúscula desenhada atrás da orelha. Mas tão minúscula que ele só pôde enxergá-la porque estava mesmo muito perto dela. Ficou surpreso: não eram aquelas letrinhas miúdas e encaracoladas, como macarrãozinho de sopa, do khmer, mas verdadeiros ideogramas, iguais àqueles do belo painel chinês que tinha em seu consultório. Olhando melhor, percebeu que não era bem uma tatuagem, mas um desenho feito com uma tinta muito escura. Acordou Vayla perguntando, por meio de gestos, o que significava aquela inscrição. Mais uma vez, Vayla não entendeu o que ele dizia. Heitor foi ficando irritado, mesmo amando-a muito, e levou-a pelo braço ao espelho do banheiro, mas Vayla pareceu ainda mais surpresa que ele ao descobrir o minúsculo desenho atrás de sua orelha. Heitor lembrou-se da mensagem do professor: *se você souber ler...*

Vayla esperou que ele copiasse cuidadosamente aqueles caracteres no papel de carta do hotel, já impaciente com a pressa de se livrar daquela tatuagem desconhecida. No bar, alguns chineses, de camisa Lacoste, óculos dourados e cintos Pierre Cardin, bebiam cerveja e conversavam ruidosamente. Heitor mostrou a eles sua cópia, muito bem feita. O papel passou de chinês em chinês e todos pareciam achar aquilo tudo bem divertido. Até que um deles explicou. Os dois primeiros caracteres queriam dizer *Xangai*, os demais designavam um pássaro. Os chineses não sabiam o nome do bicho em inglês, mas tratava-se de um pássaro mergulhador de bico comprido que se alimentava de peixes nos mares e nos rios...

Heitor agora sabia onde encontrar o professor Pelicano. Quer dizer, saber mesmo, ele não sabia, pois o professor tinha ido se esconder numa cidade com dezesseis milhões de habitantes!

HEITOR VOA MAIS UMA VEZ

V ayla dormia recostada em seu ombro, enquanto ele olhava Xangai lá embaixo, estendendo pouco a pouco suas luzes até o horizonte, tal uma imensa Via Láctea em formação que o avião agora sobrevoava lentamente.

Heitor não tinha esquecido Clara, mas o que ele vivia com Vayla fazia-o refletir muito a respeito do amor. Afinal, aquilo era uma experiência, tinha dito o professor Pelicano, e era preciso observar e anotar tudo com bastante cuidado.

Ele tinha pensado em prosseguir sua viagem sem Vayla. Ensinaria a ela como abrir um endereço eletrônico e eles enviariam mensagens e fotos um ao outro. Mas, quando começou a explicar sua idéia com a ajuda de desenhos, ele percebeu tamanho desespero no rosto de Vayla, tão oposto a seu doce sorriso de *apsara*, que ficou sem coragem de continuar a se explicar.

E ela agora estava ali e ele sentia sua calma respiração junto a si, confiante como uma criança que sabe que jamais será abandonada.

Heitor abriu seu caderno e anotou:

Não tive coragem de deixar Vayla por que: – *qualquer sofrimento relacionado ao abandono me sensibiliza?*

Heitor tinha aprendido isso quando ainda era um psiquiatra iniciante e fora para o divã de outro psiquiatra, mais velho que ele, falar de sua mãe e contar várias outras histórias. Tinha um problema com o abandono, suportava-o mal (vide o caso "Clara"), e ainda mais difícil para ele era abandonar alguém. O que pode tornar a vida amorosa bem complicada.

– *Porque eu temia não suportar sua ausência...*

De novo, essa história do abandono... Ia precisar voltar ao divã, quem sabe o do velho Arthur, para falar sobre isso mais uma vez?

– *Porque me tornei sexualmente dependente dela...*

Mais uma história de obsessão sexual... Não preciso explicar, isso é fácil de entender.

– *As moléculas do professor criaram um elo entre nós?*

– *Ou o que nós vivemos juntos é que criou um elo novo?*

Sim! Porque Heitor e Vayla não viveram apenas as experiências e as alegrias do sexo (embora, é verdade, elas tenham ocupado boa parte de seu tempo).

Já tinham passado por vários outros estados emocionais. Tristeza, por exemplo: quando Heitor viu os olhos de Vayla se encherem de lágrimas porque ele queria deixá-la. E ódio, também: quando ela veio, feito uma deusa enfurecida, postar-se ao lado das duas japonesas. E a própria Vayla já tinha deixado Heitor com muita raiva.

Foi assim: Heitor esperava no quarto por ela, antes de viajarem, com a mala já pronta, e nada de Vayla chegar. Heitor até pensou que ela tinha desistido de acompanhá-lo e que preferiu ficar perto de sua família. Por fim, Vayla surgiu, verdadeiramente transfigurada. Estava maquiada como... Bem, deixe para lá... Ok, vamos lá, vou dizer: como uma puta, a palavra certa é essa mesmo... Tinha pintado o cabelo, usava um jeans boca de sino cheio de franjas, uma camiseta justa toda bordada de paetês brilhantes, sandálias de plataformas altíssimas, e estava ali à sua frente, toda orgulhosa, e ainda por cima com uma bolsa que era uma cópia falsificada de uma grande marca do país de Heitor.

Heitor sentiu a raiva subindo. Era como se visse um supermercado construído no meio de um templo antigo ou um painel de propaganda fixado numa estátua belíssima. Não sabia se tinha raiva de si mesmo e da sua sociedade, que destruía as coisas belas, ou de Vayla, que se deixava usurpar a beleza. Ela se pôs a chorar e correu para o chuveiro. Heitor consolou-a, ajudando-a a escolher algumas roupas de seda na butique do hotel.

Vayla ficou chocada com os preços anotados nas etiquetas. Meneava a cabeça, horrorizada, pois aquelas somas dariam para alimentar sua família por muitos meses. Mas, finalmente, ela se acostumou com a idéia, tudo despesas debitadas na conta de Gunther.

Através da vitrina da loja, Heitor notou no saguão o gerente olhando para eles de um modo estranho. Uma massagista e uma garçonete perdidas a cada semana... Ele devia achar que estava com um grave problema de recrutamento de pessoal.

Mas os funcionários da recepção cuidaram do visto de Vayla com uma diligência incrível. Foram exemplares, e eu vou aproveitar para agradecê-los aqui: o Victoria Hotel é um ótimo hotel.

Agora, Heitor olhava Vayla abrindo os olhos na penumbra e depois curvar-se devagar para a janelinha do avião, um pouco temerosa com aquele vazio todo abaixo deles. Foi então que Heitor pensou que ele a amava. Era terrível.

A CARTA DO PROFESSOR PELICANO

Caro amigo,
Para ser rigoroso, eu não devia explicar a você essa experiência, já que é sujeito dela. Mas você não é um sujeito qualquer, se posso me expressar assim, você é quase do mesmo ofício e, depois, não é sempre que a gente tem a sorte de encontrar uma cobaia com diploma de psiquiatra. (Talvez um gênio da genética um dia nos prepare algo parecido: hamsters com o cérebro modificado que darão ótimos psicoterapeutas, e bem mais baratos).

Você sabe que muita pesquisa vem sendo feita na área da biologia do amor, da qual represento, se ouso dizê-lo, a ponta avançada. Vejamos os outros por onde andam, esses molengas atrasados.

Interessam-se muito por dois neurotransmissores naturais: a ocitocina e a dopamina. A ocitocina parece ser secretada em nosso cérebro nos momentos críticos em que nos unimos a outro ser: na mãe, quando amamenta o filho, no ato sexual com alguém que amamos ou, simplesmente, quando abraçamos ou beijamos o ser *amado, e até mesmo em indivíduos saudáveis quando observam os bebês ou os animaizinhos de estimação. É o hormônio da ternura e do afeto.*

Existe um ratinho das planícies cujo cérebro é ricamente provido de receptores de ocitocina. Pois bem: entre eles, o macho se liga à fêmea e a ela é fiel por toda a vida.

Ao contrário, seu primo das montanhas, cujo cérebro é menos dotado desses receptores, é um sedutor de primeira. Ora, se privarmos o ratinho das planícies de seus receptores de ocitocina e se, ao contrário, enchermos de ocitocina o rato das montanhas, seus comportamentos se inverterão! (observe que ninguém se interessou pela reação das ratas diante da metamorfose de seus companheiros, o que teria dado resultados bem interessantes em termos de aconselhamento conjugal).

Depois da terna e dedicada ocitocina, chamemos agora ao palco essa megera indomada que é a dopamina. A dopamina age por piques a cada vez que sentimos uma sensação agradável; ela é a via final do sistema de recompensa que temos no cérebro. Sua secreção é estimulada sobretudo diante do que é novo para nós. É o hormônio do "sempre mais", do "quero novidade". No início de um namoro, a descoberta de um novo parceiro nos inunda de dopamina. O problema é que, aos poucos, nossos receptores de dopamina vão paulatinamente se enfraquecendo e ficando menos sensíveis, e é por isso, segundo certos autores estraga-prazeres, que a paixão amorosa tende a desaparecer entre dezoito e trinta e seis meses de vida em comum. Nesse momento, se a bondosa ocitocina não tomou a dianteira, criando um elo forte entre os amantes, a dopamina nos empurra atrás de novidades, como uns poodlezinhos no cio.

No fundo, se elevarmos um pouco o nível desse debate (e sinto enorme prazer em fazer isso com você, meu caro amigo e colega), eu diria que a ocitocina é uma santa e a dopamina uma safada! (observe bem que eu não disse uma prostituta, pois muitas delas podem ser santas, como essa famosa Maria Madalena, única apóstola mulher, fiel a um só homem e a uma só causa). A ocitocina, pode-se dizer, é um hormônio judaico-cristão, ou budista, se quiser: amar ao próximo, ser fiel, estar atento ao semelhante e fazê-lo feliz. E a dopamina, ao contrário, é o hormônio do demônio e da tentação, que nos impele a romper os laços de afeto, a viver feito don juans, a abusar de tóxicos variados, e que nos faz desejosos de aventuras, atrás de continentes insuspeitados, do desconhecido e do ignorado, construtores da torre de Babel, ao invés de nos deliciarmos satisfeitos uns ao lado dos outros, amando-nos fraternalmente em torno de uma xícara de chá e de um pedaço de bolo ao pé do fogo da lareira. Bem, um filósofo escreveria centenas de páginas complicadas a respeito dessa dualidade, mas acho que o que eu disse, sem falsa modéstia, é o essencial.

Há ainda outras moléculas que intervêm no desejo, mas eu vou parar por aqui porque essa carta será lida você sabe por quem, e não quero lhes entregar nada de mão beijada.

Toda a minha pesquisa atual consiste em estudar e desenvolver formas modificadas dessas moléculas, para conseguir lhes dar um efeito durável, sem dessensibilização dos receptores. Eu contava com um bom químico; infelizmente, ele forçou a dose, na esperança de satisfazer indefinidamente os ardores de uma jovem assistente vinte anos mais nova que ele. Vaidade, meu caro, pura vaidade.

Basta. Isso já me cansou, e a você também, provavelmente. Não tenho vontade de ficar repetindo o que já sei decorado, pois eu adoro as novidades. Minha dopamina, certamente, é ativíssima, e sempre me pregará boas peças.

Ocitocinicamente seu,

Chester G. Pelicano

Heitor sentiu-se obrigado a anotar, não sem um pouco de tristeza:

Florzinha número 12: o amor passional só sobrevive entre dezoito e trinta e seis meses de vida em comum.

Lembrou-se, porém, de todas as histórias de paixões impossíveis, que duram muito mais que isso, anos, ou mesmo décadas. Quando um dos dois é casado, por exemplo. É que quando um casal só se vê nos momentos amorosos, são precisos vários anos para chegar ao equivalente de dezoito ou de trinta e seis meses de vida em comum. É um tanto incorreto, é verdade, com o cônjuge ao lado de quem acordamos dia após dia e que perdeu a graça da novidade. Heitor teve de repente uma visão de todas as histórias de amor que já tinha ouvido na vida e daquelas que ele mesmo viveu, e anotou:

Florzinha numero 13: o amor passional é muitas vezes terrivelmente injusto.

HEITOR E A VIGA DE JADE

Querido Heitor,

Você não respondeu a minha última carta. Estou inquieta. Espero que não tenha ficado muito triste. Gunther parece preocupado e deduzi que também não anda recebendo notícias suas. Aqui a vida continua, como de hábito. O que é feito de você? Responda.
Um beijo.

Pelo jeito, Clara também tinha um problema com o abandono.

Heitor pensava nisso enquanto olhava a belíssima chinesa de uma brancura incomparável sendo transpassada pelo enorme membro viril de um chinês grandão com ar um tanto ausente. Quer dizer, ele olhava, na verdade, uma escultura, pois estavam em um museu, o Museu do Amor, para ser exato, onde se expunham milhares de obras em torno do tema. Sinal de que gente sexualmente obcecada não é de hoje.

Diante da imensidão de Xangai, Heitor tinha decidido começar pela visita a esse museu, pensando que o professor talvez tivesse visitado o local e deixado ali alguma pista.

Passavam de uma sala a outra, Vayla pendurada a seu braço, e iam descobrindo quadros ou esculturas de títulos compridos e significativos: *A borboleta voando em busca de sumos, Fender a rocha para deixar jorrar a fonte, O pássaro errante encontra o caminho da floresta...*, pois a civilização chinesa é uma grande civilização que vê poesia em todo canto. Heitor lembrava que um grande chefe da China tinha lançado um vasto movimento que denominou *"Que cem flores floresçam"*, embora fosse mais apropriado dar-lhe outra denominação: *"Que caiam todas as cabeças além dessas".*

Ele não podia fazer essas reflexões com Vayla, como ela tampouco podia compreender nenhuma das legendas escritas em chinês e em inglês, mas o sentido das obras era bem explícito. Tão explícito que Heitor pensou consigo mesmo que Vayla ia ficar imaginando coisas quanto ao tamanho normal da..., enfim, do... . Bem, daquilo que os artistas chineses chamavam *a viga de jade*.

Vayla ria, pondo a mão na frente da boca, quando passaram pelas primeiras obras. Continuou a observá-las com certo interesse, mas, aos poucos, dava para perceber que começava a achar aquilo tudo meio chato e agora ela punha a mão na boca para esconder os bocejos. Heitor lembrou que essa era uma pequena diferença entre os homens e as mulheres. Os homens, ele inclusive, excitavam-se com a visão do amor assim ao vivo, ao passo que, em geral, isso não bastava para provocar grandes desejos nas mulheres, com exceção de algumas (mas eu não vou dizer quem são, se por acaso você as conhecer, nem dar o número do telefone delas).

Chegaram diante das vitrinas que abrigavam uma enorme quantidade de objetos esculpidos em marfim. Olhando uma primeira vez, pareciam jóias. Mas, não: eram acessórios destinados a paliar a falta de um homem perto da mulher, quando ela o desejava, ou a incrementar os meios que tinha mister para melhor satisfazer madame, o que é uma prova de que os chineses de antigamente tinham, de certa forma, uma sensibilidade feminista. Vayla parou diante desses objetos, depois se virou para Heitor pondo as duas mãos em abano atrás da orelha e balançando a cabeça da direita pra esquerda. Elefante... Ela tinha entendido de que matéria eram feitos aqueles objetos, pois em seu país ainda se encontravam muitos elefantes, andando pelas ruas, até, e, às vezes, ao invés de ultrapassar uma fila de caminhões de carga pesada, você precisava ultrapassar uma fila de elefantes, o que é menos perigoso, pois uma boa tropa de elefante nunca se desloca de improviso.

À sua volta, os visitantes matraqueavam, achando tudo engraçado. O que fez Heitor refletir: por que o ato sexual, que tanta gente desejava praticar com quem quisesse e quando quisesse, fazia chineses, europeus, americanos, todo mundo, rir tanto? Por que faziam piadinhas quando descobriam o *Cavalo esfomeado parte a galope à manjedoura* ou *Dragões, sem forças, interrompem o combate?*

Sem dúvida, pensou Heitor, era porque o amor é um sentimento para ser vivido na intimidade. E quando você vê essa exposição toda do amor, tão estranha à razão razoável quanto certas atitudes dos animais ou das criancinhas, você tem vontade de rir, do mesmo modo que ri quando vê animais ou criancinhas que não sabem disfarçar seus desejos, como mandam as boas maneiras. E as boas maneiras servem, justamente, para isso. O problema é que nem sempre o amor e as boas maneiras são compatíveis entre si, entende o que quero dizer?

Heitor estacou diante de um quadro intitulado *Do pelicano do pescoço comprido jorra uma branca espuma*. Não precisa explicar muito, claro.

Mas o quadro tinha algo de estranho: era bem pequeno, não parecia ter a mesma inspiração dos demais e sua moldura parecia mais antiga. Sob o olhar espantado de Vayla, Heitor tirou o quadro da parede, virou-o e descobriu uma etiqueta com um número escrito com uma letra fina: *3167159243,* seguido pelos mesmos ideogramas que ele tinha visto atrás da orelha de Vayla.

O professor Pelicano estava se divertindo...

HEITOR E VAYLA VISITAM O ZOOLÓGICO

Quando Heitor e Vayla chegaram ao zoológico de Xangai – encontro marcado pelo professor Pelicano, que Heitor tinha conseguido achar no número de telefone anotado atrás do quadro –, deram com um monte de carros e de câmeras de várias cadeias de televisão locais e com um bocado de gente. E, na China, quando a gente diz um bocado de gente, quer dizer muita, mas muita gente mesmo.

Aproximaram-se. As equipes de televisão filmavam um casal de pandas, esses ursos diferentes com uma máscara negra em torno dos olhos.

Os dois pandas estavam abraçadinhos numa pequena ilha construída para eles e, de vez em quando, olhando para a multidão e para as câmeras que os filmavam, lambiam ternamente o focinho um do outro.

Era mesmo uma gracinha, mas Heitor não entendia por que essa cena chamava tanto a atenção dessa gente toda. Pelo visto, aquilo agradava muito Vayla, que soltava uns suspiros enternecidos, secretando ocitocina sem sabê-lo.

Finalmente, Heitor encontrou dois jovens chineses que falavam inglês. Eles explicaram que os funcionários do zoológico vinham há meses tentando fazer com que esse casal de pandas se reproduzisse. Mas Hi, o panda macho, não parecia nada interessado por Ha, a senhora panda. Quando ela tentava atrair sua atenção, ele lhe dava umas patadas, empurrando-a para o lado, mas tão desinteressado que andaram pensando que Hi escondia o jogo e que ele seria, provavelmente, quem sabe... Mas eis que há dois dias Hi deu de se fazer de amoroso, e não apenas honrara Ha várias vezes mas, além disso, não parava de lhe fazer carinho, o que era uma coisa estranha porque, de hábito, o amor entre os pandas era mais do tipo vapt-vupt, bom dia, boa noite, basta, e cada qual pro seu lado, cuidar das suas coisas. Aquele era, portanto, um grande momento para os pandas, e também para a China, porque o panda era o animal fetiche dos chineses. Até os dirigentes da nação emitiram pronunciamentos e discursos a respeito de Hi e de Ha: esse belo e recente amor foi considerado um presságio favorável e uma comprovação de que a política levada pelos governantes do país era mesmo a boa política. Nisso, os dois estudantes se puseram a fazer piadinhas, dava para ver que eram uns maldosos, filhos únicos, com certeza, mimados demais.

— Então, meu amigo, o que acha disso?

Heitor voltou-se. Era o professor Pelicano, claro, muito em forma e acompanhado de uma jovem que se parecia com Vayla e que estava igualmente vestida com as roupas compradas na butique do hotel. Vayla e Not soltaram gritos de alegria, abraçando-se, e começaram uma conversa entrecortada de risadinhas furtivas, enquanto o professor Pelicano e Heitor discutiam coisas sérias. Heitor observou que o professor apoiava-se numa bengala, o que o surpreendeu, pois não se lembrava de ter visto antes o professor mancando.

– Quanto aos pandas.... Não me diga que...– começou Heitor.

– Mas é claro que sim! – disse o professor. – As mesmas que você tomou, só mudei a dosagem para o macho.

– Mas, como conseguiu?

– Difícil foi fazê-los engolir a pílula mais ou menos ao mesmo tempo. Precisava esfregar bem debaixo do nariz deles, e eu encontrei um meio – disse o professor, dando uma sacudida em sua bengala e uma piscadela para Heitor.

Então Heitor entendeu para que servia a bengala do professor Pelicano... A bengala funcionou como uma vara.

– E você, como vão as coisas com a bela Vayla?

Heitor disse que ia tudo bem, como o professor podia, claro, imaginar, mas que assim mesmo ele queria tomar o antídoto.

O professor pareceu surpreso, ia dizer alguma coisa, mas, neste instante, a objetiva de uma câmera de televisão aproximou-se, com dois microfones debaixo do nariz deles.

— Somos da CNN — disse uma jovem asiática de ar decidido. — Poderiam dizer para nós, em inglês, o que está acontecendo por aqui?

Heitor viu o professor Pelicano retesar-se e a ponto de fugir, mas depois seu rosto roseou de prazer e ele exclamou:

— O que vemos aqui é a prova de que o amor é universal! Mesmo entre os pandas! Pois, o que é o amor senão essa mescla de afeto e de instinto sexual?

Nessa hora, um rumor levantou-se da multidão. Hi se punha a honrar Ha, com o acordo da panda fêmea, que a ele dirigia, sorrateira, lânguidos olhares.

O professor Pelicano estava exultante:

— Veja como são felizes, e muito distantes de um puro instinto animal! Acabam de descobrir a associação entre o desejo e o afeto.

— Isso é interessantíssimo. Quem é o senhor?

— Sou Chester G. Pelicano, Ph.D., e eis meu grande amigo, o doutor Heitor, psiquiatra. Somos ambos especialistas no amor.

A jovem asiática parecia perto do êxtase. Buscava duas testemunhas que falassem inglês naquela multidão de chineses e caía justo sobre dois especialistas!

— Mas por que isso aconteceu bem agora com os pandas? — perguntou. — Há alguma explicação para o fenômeno?

Vayla e Not aproximaram-se, atraídas pela presença da câmera. Colocaram-se ao lado de Heitor e do professor, sorridentes diante da objetiva.

— Vocês as conhecem? — perguntou a jornalista.

— São nossas assistentes de pesquisa — respondeu o professor Pelicano.

— Da Universidade de Benteasaryaramay — acrescentou Heitor.

O professor Pelicano lançou-se numa explicação comprida: os ingredientes necessários ao amor estavam presentes em todos os mamíferos, como se fossem instrumentos de música guardados num armário, esperando um maestro para fazê-los entrar em cena conjuntamente.

A jornalista parecia muito interessada. Como de hábito, pensou Heitor, quando se fala de amor às mulheres.

De repente, acima da multidão de chineses, ele viu a cabeça de Luis Felipe. Parecia procurar alguém. Heitor voltou-se para o professor Pelicano, mas este, como Not, tinha desaparecido.

— Ainda uma palavra, para concluir? — perguntou a jornalista.

— *Sabay!* — exclamou Vayla.

Em khmer, queria dizer "está tudo bem". Mas Heitor não tinha tanta certeza disso.

Cadê Heitor?

Hi e Ha foram parar em todas as cadeias de televisão do mundo inteiro. O que todo o mundo viu, claro, foi o carinho dos ursinhos se beijando e não as cenas mais picantes dos amores entre os dois pandas. Porque os canais de televisão são estranhos: mostram fuzilamentos, gente decepada, tragédias horríveis, tudo ao vivo e em cores, mas não mostram dois pandas fazendo amor. Alguns segundos da declaração inflamada do professor Pelicano acompanhavam as imagens e o que disse a respeito do amor e dos instrumentos de música foi reprisado várias vezes, com dublagem em centenas de línguas. Lá estava também Heitor, emitindo suas opiniões sobre o assunto, e ambos ladeados pelas sorridentes jovens Vayla e Not.

Clara assistia à CBB, para praticar seu inglês, quando viu essas imagens. A primeira coisa que notou é que

Heitor parecia feliz. E ela pensou ter visto Vayla, muito perto dele, com uma mão em seu ombro.

Clara sentiu uma espécie de corrente elétrica poderosíssima percorrendo-a da cabeça aos pés.

— Que fulaninho imbecil! — disse Gunther.

Gunther estava sentado no sofá a seu lado, pois (veja você que coisa!) Clara e Gunther tinham um romance, e agora (é o que você pensa) dá para entender melhor por que Clara estava tão tristonha lá na ilha.

Você deve estar fazendo mau juízo de Clara. A moça que dorme com o chefe, a carreira que começa pela cama, essas coisas... Mas não, de jeito nenhum, não é nada disso que você está pensando. Clara já ia muito bem em sua carreira quando se apaixonou por Gunther. Não precisava dessas artimanhas. Bom, está bem, dirá você: ela se apaixonou pelo homem todo-poderoso, o macho dominador, são todas iguais. Não, mais uma vez, de jeito nenhum, não é nada disso que você está pensando. Clara nunca se deixou impressionar pelos ares de grande chefe de Gunther. Além do mais, se você pensar bem, Clara tinha se apaixonado primeiro por Heitor, e os psiquiatras raramente são do tipo a se fazerem de grandes chefes, muito pelo contrário. Nessa profissão, nem se manda, nem se obedece, e essa era, aliás, uma das coisas que Heitor mais gostava em seu ofício.

— Caramba! — exclamou Gunther. — Perdemos o homem por poucos segundos! Mas, o que tem? Está chorando?

— Não, claro que não — disse Clara levantando-se bruscamente.

Clara desapareceu no banheiro e foi então que Gunther começou a sofrer. Porque Gunther estava mesmo apaixonado por Clara, queria refazer sua vida com ela e percebia, mais uma vez, que estava perdendo a parada. Tinha esperança, com Heitor correndo atrás do professor Pelicano, que Clara e ele poderiam se aproximar mais. Mas bastava ver a reação de Clara para perceber que ele não estava mesmo ganhando aquela parada.

No banheiro, Clara enxugava os olhos, pensando que ela era mesmo uma idiota. Que coisa! Se era ela quem enganava Heitor (devia ter-lhe contado toda a verdade na ilha, mas não teve coragem), então, por que se sentia tão mal vendo-o ao lado de outra mulher? Já que não tinha tido a coragem de fazê-lo sofrer contando a ele toda a verdade, por que a idéia de que ele estava feliz, ao lado da charmosa oriental, parecia-lhe agora uma coisa insuportável?

Será que isso queria dizer que ela ainda amava Heitor? Ou era só ciúme? O ciúme, por acaso, seria uma prova de amor? Ou ela sofria porque, vendo aquelas imagens, tinha subitamente se dado conta de que corria o risco de perder Heitor para sempre? Mas isso ela já sabia, quando começou sua história com Gunther... É que entre saber e sentir há uma grande diferença, eu já disse, e é o sentir que conta mais.

Teve uma vontade enorme de falar com Heitor, àquela hora mesmo, imediatamente. Bateram na porta.

— Clara? Preparei um drinque para você.

"Estúpido", resmungou Clara para si mesma, mas estava sendo injusta, porque Gunther, ela sabia, era louco por ela. Não tinha percebido de imediato, mas agora ela sabia. Ele era doidinho por ela. E ela, claro, estava menos apaixonada que ele. Ai, ai, ai... O amor é mesmo complicado!

Heitor encontra um bom amigo

– Essa cidade é meio doida – disse Luis Felipe.

Almoçavam, ele e mais Heitor e Vayla, no alto de um arranha-céu em forma de foguete, em um restaurante panorâmico que girava lentamente sobre si mesmo, numa volta de 360°. Parecia que você estava num avião, ou num balão, vendo a cidade lá embaixo estender-se infinitamente até a linha do horizonte. Torres como aquela cresciam para todo lado como árvores gigantescas, enquanto o rio a seus pés era percorrido por barcaças repletas de material de construção. Os chineses construíam cada vez mais e faziam cada vez menos filhos.

Vayla nunca tinha saído de uma cidadezinha interiorana, em que o prédio mais alto era o correio construído há muito tempo pelos compatriotas de Heitor, e ela parecia interessadíssima por essa cidade que Luis Felipe achava um pouco doida.

Heitor estava mesmo contente de ter encontrado Luis Felipe. Aquele passeio pela região não muito segura e pelo templo recentemente desminado tinha feito dos dois verdadeiros amigos.

– E o que você veio fazer em Xangai? – perguntou Heitor.

– Negócios, como sempre – respondeu Luis Felipe. – Todos esses arranha-céus precisam de linhas de comunicação e de antenas e de mais um monte de coisas para que os celulares e as redes funcionem, e minha empresa cuida disso.

– É uma sorte a gente ter se encontrado assim por acaso – disse Heitor.

– Ah, pela manhã a cidade inteira só falava dos tais pandas. A notícia estava em todas as televisões chinesas e como eu não tinha nenhum compromisso agendado, resolvi dar uma olhada. Droga! Ela não entendeu nada!

A garçonete tinha trazido duas garrafas enormes de cerveja e Heitor e Luis Felipe tinham pedido só duas canecas. Vayla franziu os olhos. Não gostava que Heitor bebesse muito, ele já tinha notado e achava que essa era mais uma prova de amor por ele. Vayla não bebia nada alcoólico: meia taça de vinho já a deixava com as bochechas rosadas e quase dormindo na mesa. Heitor lembrava que isso era resultado de uma espécie de enzima que faltava a muitos asiáticos. Por isso, o álcool lhes fazia efeito muito rapidamente. Havia quem não se preocupasse, como os japoneses na mesa atrás deles, enfrentando corajosamente seu déficit enzimático com dúzias de garrafas de cerveja.

Heitor continuava preocupado. Ainda não tinha conseguido o antídoto, se é que havia um, e sabia que quanto mais tempo Vayla e ele se demorassem naquela história, menos a droga faria efeito, porque todos esses momentos compartilhados de felicidade deixariam forçosamente marcas inesquecíveis. Nesse instante, Vayla sorriu e ele sentiu de novo ondas de alegria e de contentamento percorrerem seu corpo.

– Sua namorada é mesmo encantadora – disse Luis Felipe. – Ela fala um pouco de inglês?
– Nem uma palavra – disse Heitor.
– E você? Se vira com o khmer?
– Nadinha.

Essa resposta pareceu deixar Luis Felipe pensativo, pois imagine em que consiste uma relação entre um homem e uma mulher que não têm três palavras em comum. Um pouco de razão, diga-se, ele tinha, e não pensava muito errado.

– E você, como vai indo com sua mulher? – perguntou Heitor.
– Não muito bem.

Luis Felipe contou que eles tinham conversado por telefone. Sua mulher achava que estiveram separados demais esses últimos anos, e que a culpa era dele, sempre absorvido pelos negócios. E, agora, pronto, acabou, ela não o amava mais. Mas, depois da conversa, ela ligou de volta para Luis Felipe. Queria saber como ele estava e como tinha passado a noite, se tinha amigos ou se ficava muito tempo sozinho no hotel.

– E você, como se sente? – perguntou Heitor.

— Não grande coisa. Quando ela diz que não me ama mais, eu me sinto abandonado, com medo, e eu queria que ela estivesse comigo, ao meu lado, imediatamente. Então, recrimino-me terrivelmente: acho que não cuidei dela o suficiente, que sou um imbecil estúpido. Depois...

— Depois, fica com raiva dela. Afinal, você foi um bom marido, um bom pai para as crianças e ela agora abandona você.

Luis Felipe parecia surpreso.

— É, é isso mesmo. Uma dessas noites, tinha bebido um pouco, e eu liguei para ela com mil impropérios, uma raiva danada, xinguei um bocado, essas coisas... Enfim, uma catástrofe... Lamentável. Mas ela percebeu que eu não estava nada bem e acho que não ficou com raiva de mim. Outras horas...

— ... diz a si mesmo que, se vocês se separarem, nunca mais amará alguém como a amou. Teme uma vida de tédio, vai preferir as aventuras. Ninguém vai fazer você passar pela mesma história outra vez.

— Nossa! É exatamente assim. Você é bom, hein?

— Ah, nem tanto — disse Heitor. — Conheço isso...

E era verdade. Antes do episódio Vayla, Heitor tinha sentido os mesmos sentimentos com relação a Clara. Interessante notar como dois homens diferentes um do outro, como ele e Luis Felipe, ressentiam as coisas de modo tão parecido. E, lembrando-se de algumas de suas pacientes, pensou que muitas mulheres tinham passado pelas mesmas histórias e sentido as mesmas coisas. Bizarro: ficou com a impressão de que seus colegas psiquiatras não estudavam suficientemente esse tema, a psicologia do sofrimento amoroso. Não lhes parecia um assunto sério, vai ver, mas era, sim, uma coisa terrivelmente séria. Basta ver a dor que isso provoca.

Vayla tocou seu braço:
— *Sabay?* — perguntou.
— *Sabay!* — disse Heitor.
— *Sabay!* — repetiu Luis Felipe, levantando o copo, e os três brindaram. Parecia uma imagem de gente feliz, boa para uma propaganda da cerveja chinesa, embora Vayla só bebesse chá verde gelado.

HEITOR REMEMORA

Heitor olhava Vayla dormindo. E então lhe veio à memória...

Descansa teu sono, meu amor,
Doce, em meu braço infiel;
O tempo e as febres consomem
A beleza única
De crianças sonhadoras e a tumba
Prova que a criança é frágil:
Mas em meus braços até a aurora
Que repouse a criatura
Viva, mortal, culpada,
Mas, para mim, tão bela.

Um poeta, há muito tempo, tinha experimentado isso que Heitor sentia essa noite observando o sono de Vayla.

Lembrou que o poeta era conhecido por preferir os rapazes. Esses versos, certamente, tinham sido escritos para um companheiro.

O que provava mais uma vez, teria dito o professor Pelicano, que o sentimento amoroso é universal.

Heitor sente saudades

Heitor voltou às suas anotações. Observava Vayla que, de roupão, assistia à televisão, contente de ter aprendido a técnica do "zapping". Ela gostava dos programas musicais em que jovens asiáticos cantavam o amor, com ar concentrado, tendo por fundo uma praia, montanhas ou o vento, enquanto o rosto delicado de sua amada aparecia entre as nuvens. Ou, então, das cenas em que moças muito pálidas cantavam com ar melancólico algo a respeito de um belo jovem que amavam, mas com quem não conseguiam se entender, como mostravam os flash-backs das brigas, um virando as costas ao outro.

Mas, que coisa! Vayla não entendia nem chinês, nem japonês, nem coreano. Então, não era à letra que ela era sensível, mas às puras emoções provocadas pela melodia e pelas imagens dos cantores na tela. Bastavam para contar essa história eterna: amamo-nos, mas não conseguimos nos amar. Ele anotou:

Florzinha número 14: mesmo apaixonadas, as mulheres sempre gostam de sonhar com as emoções que o amor provoca.

E os homens? Os homens, mesmo estando apaixonados, podiam se interessar por um filme pornô. Tudo culpa de uma calibragem um pouco diferente de seus cérebros. Mas as mulheres não gostavam dessa explicação e era preciso encontrar outra melhor.

Não se deve por isso pensar que os homens não fossem capazes de experimentar sentimentos elevados. Então, lembrando-se das mágoas de Luis Felipe, e das suas próprias, e de todos os apaixonados infelizes que ele tinha visto e ouvido em seu consultório, Heitor pegou seu caderninho e começou a escrever:

Os componentes do mal-de-amor

Era um título um tanto pretensioso, é verdade, mas Heitor pensou que, afinal das contas, ele entendia do assunto. Tinha ajudado tantas vítimas do amor, homens e mulheres de todas as idades, que vieram chorar em seu consultório...

Primeiro componente do sofrimento amoroso: a saudade. "Eu queria vê-lo(la), falar com ele(a) imediatamente". A mesma falta que sente o drogado quando lhe falta a droga. Ou a criança quando lhe falta a mãe.

Era uma saudade louca que fazia com que Luis Felipe quisesse telefonar a toda hora para sua mulher, era essa falta que impedia todos aqueles que sofriam do mal-de-amor de se concentrarem em outra coisa além do ser amado. Como aquela espécie de alarme dos bebês que choram a plenos pulmões enquanto sua mãe não aparece, e que funciona, aliás, muito bem. Podia-se talvez pensar que o que acontecia no cérebro dos bebês abandonados era muito parecido com os efeitos produzidos pela saudade no cérebro dos apaixonados rejeitados. Eis um interessante tema de pesquisa para o professor Pelicano, pensou Heitor, se conseguissem trazê-lo de volta e devolvê-lo à razão. Heitor estava inspirado:

> *De todos os componentes do mal-de-amor, a falta do ser amado é o mais intensamente sentido no plano físico. Daí a denominação que a associa ao mesmo estado dos toxicômanos privados de sua substância adictiva. No domínio que nos interessa, a falta diz respeito ao ente amado que se tornou, momentânea ou definitivamente, geográfica ou afetivamente, inacessível. Essa saudade dolorosa provoca insônia, agitação, perturbação do apetite, dificuldade de concentração mesmo em circunstâncias em que toda a atenção seria requerida (numa reunião importante, na hora de dirigir um carro ou de pilotar um avião) e, de uma maneira geral, impede que aquele que dela sofre experimente qualquer alegria, mesmo com aquelas atividades que antes julgava agradáveis e prazerosas. Esses temíveis efeitos da saudade podem ser acalmados momentaneamente pela absorção de certas substâncias (álcool de vários tipos, obtidos por fermentação ou destilação, nicotina, tranquilizantes, estupefacientes) ou mesmo por meio de atividades absorventes (trabalho intenso, televisão, exercício físico, relações sexuais com um(a) novo(a) parceiro(a) ou, ao contrário, com um parceiro antigo). O sentimento da falta, porém, quanto mais é*

driblado, mais retorna com violência, como um animal selvagem que só recua para assaltar a presa com ainda mais ímpeto. Certos lugares, certas pessoas ou certos encontros agravam ainda mais essa saudade sofrida, porque evocam a lembrança do ser amado: o parque onde caminhavam juntos, o restaurante onde se encontravam, o amigo(a) que fora testemunha daquele amor compartilhado, a doce melodia que o ser amado gostava de cantarolar nos momentos felizes. Uma sensação ainda mais violenta pode ser provocada quando da descoberta fortuita de um objeto abandonado pelo ser amado. Os cremes no banheiro, um velho par de chinelos esquecidos no fundo de um armário, podem então levar a grandes sofrimentos e a fortes emoções que nenhuma grande obra sinfônica, pictural ou poética permitiriam provocar com tanta intensidade.

Pois a saudade atinge, por vezes, picos verdadeiramente dolorosos, cuja intensidade cria uma apreensão profunda diante do desenrolar do tempo ("Como eu vou agüentar até a noite? Até amanhã? O resto da minha vida?"). Provoca também momentos de recolhimento e de insociabilidade, mesmo em companhia de nosso agrado. É geralmente reconhecido que confiar seu estado de falta aos ouvidos generosos de um(a) amigo(a) ou de um profissional da escuta pode provocar um conforto real, embora efêmero.

Vayla voltou-se para olhá-lo escrevendo, com ar de quem está inquieta. Heitor sabia que ela queria entendê-lo, saber em que pensava, mas ele não queria entristecê-la com essas reflexões a respeito do amor. Então, pensando nesse clima de felicidade que reinava entre ele e uma jovem com quem não partilhava dez palavras, Heitor teve outra intuição:

Florzinha número 15: no amor, se de fato nos compreendêssemos, talvez não nos entendêssemos.

Vayla virou-se novamente para a televisão, onde acabava de aparecer pela enésima vez a propaganda de um queijo branco com umas renas cantando em coro sob a neve, cena que deixava Vayla, que vinha de um país sem neve nem gelo, absolutamente encantada.

Heitor releu suas notas sobre o primeiro componente do mal-de-amor e achou-as excelentes. Seria um dos efeitos das moléculas do professor Pelicano? Ou seria o próprio amor um tema inspirador? Sabia, porém, que essas reflexões não serviam de conforto: se não obtivessem o antídoto e se, por qualquer circunstância, Vayla e ele se separassem, viveriam, os dois, o inferno da saudade para o resto de seus dias?

— *I got you under my skin.*

Heitor sobressaltou-se: era Vayla quem tinha falado. Assistia a um clip da Madonna, caminhando entre pétalas de rosas e cantando em inglês. Legendas de umas letrinhas estranhamente retorcidas apareciam na tela. Devia ser o thaí, língua muito próxima do khmer, porque Vayla entendeu bem o sentido da canção.

— *I got you under my skin, there is no explanation* — repetiu Vayla triunfalmente, olhando para Heitor.

CLARA AINDA AMA HEITOR

— Quero ir a Xangai — disse Clara.
Gunther suspirou. Olhava Clara, linda em seu tailleur elegante. Ele, que tinha sido campeão universitário de judô, que servira o exército nas tropas de montanha e que, depois disso, reestruturou com êxito dúzias de empresas, o que lhe valeu ser conhecido no mundo dos negócios como "Gunther, o Exterminador", e que hoje era o diretor da divisão Europa e resto do mundo de uma importantíssima multinacional farmacêutica, ele, justamente, era um homem frágil e vulnerável diante dessa criatura chamada Clara, que pesava dez vezes menos que ele e parecia ainda apaixonada por aquele fulaninho incapaz, segundo o que ela mesma lhe dizia, de fazer um encanador trabalhar como deve.
Lembrou-se da fala do velho psiquiatra e pensou que Arthur tinha mesmo razão: era preciso inventar uma

vacina contra o amor. Ao diabo o professor Pelicano e suas pílulas malucas! Mas Gunther não pensou isso tudo mais que três segundos e meio. Voltou a seu objetivo: encontrar o professor Pelicano. Essa vontade súbita de Clara de viajar a Xangai, pensou rapidamente, podia ser usada para melhor atingi-lo. Veja bem: aí está a força de gente como Gunther: jamais confundem por muito tempo suas emoções e seus interesses e é por isso que, um dia, você é que é "exterminado" e não eles.

Por que não mandar à China essa maquininha infernal que distribuía ora luz ora sombra em sua vida e o transformava em pai e em marido indigno?

Sabia, porém, que, assim que ela partisse, ele começaria a se atormentar e ia querer saber o que ela fazia minuto a minuto. Mas afinal, graças aos meios já empregados para localizar o professor Pelicano e para controlar os atos do tal do Heitor, não seria muito difícil supervisionar também a agenda de Clara. Depois, quem sabe, ele também podia ir dar uma passeada pela China. Há quanto tempo seu diretor-Ásia não reclamava sua visita? Seria a oportunidade de lhe dar algumas broncas devidas.

– Ok – disse –, vá quando quiser. Quanto antes, melhor.

Tinha surpreendido Clara. Marcou um ponto. O medo do abandono, pensou, todo mundo sente, sabia ele muito bem.

– Não se importa que eu vá? – perguntou Clara, um pouco preocupada. – Não fica incomodado?

– Claro que não. Por que me incomodaria?

— Sei lá, não sei. Enfim... Bem, com certeza vou encontrá-lo.

— Sou de opinião que as pessoas têm todo o direito de fazer suas experiências...

— ... e depois devem pagar por elas — completou Clara.

Era a frase que Gunther sempre usava antes de mandar alguém embora. Entendeu que a raiva o tinha levado longe demais. Clara podia não gostar de ouvir uma frase que ele em geral aplicava aos assalariados ordinários.

— Perdoa-me — disse, suspirando. — Confesso que fico um pouco chateado, sim. No meio de todo esse stress, sabe que gosto de ter você perto de mim. Sinto-me mais forte com você a meu lado.

Percebeu que Clara ficou tocada. Foi um pouco assim, de fato, que nasceu o amor entre eles: ele tinha permitido que Clara conhecesse os seus 10% de fragilidade entre os 90% de força e firmeza que ostentava. Suas antigas amantes, por quem nunca esteve apaixonado, foram seduzidas por essa força. Isso, porém, não teria bastado a vencer Clara. Foi preciso que ela conhecesse seu lado oculto, que ela era a única, aliás, na empresa a conhecer. Uma noite, estavam se beijando.

A fragilidade de Gunther, que ninguém conhecia, era que ele tinha uma filha muito perturbada. Novinha, a menina já fazia um monte de besteiras, desde cortar os pulsos, engolir tranqüilizantes, freqüentar uns tipos que não prestam e coisas ainda piores. Passava períodos cada vez mais longos e cada vez mais freqüentes nesse tipo de clínica para onde vão os filhos dos ricos, na Suíça e em outros lugares do mundo. Já tinha esgotado um monte de psiquiatras para ricos (e para os menos ricos também, quando chegava de urgência aos hospitais). Certa época, Gunther tinha pensado em pedir a ajuda de Heitor, mas um senso de decência impediu-o. E sua própria mulher vivia em depressão, depois de ser tratada durante anos por vários psiquiatras, que já não acreditavam em cura, apenas a ajudavam a sobreviver. Se Heitor e o velho Arthur conhecessem essa situação familiar de Gunther, eles teriam tido uma discussão que muito interessava aos psiquiatras: a mulher de Gunther teria transmitido à filha seus genes de fragilidade mental, que se manifestavam de modo diverso na mãe, depressiva, e na filha, de personalidade difícil (limítrofe, eles teriam pensado)? Ou, então, ser criada por uma mãe depressiva é que teria definitivamente perturbado a filha? Ou ainda, ao contrário, não teria sido o fato de precisar criar uma filha difícil que tinha deprimido a mãe? Podia-se também pensar que não era por acaso que uma mulher sofrendo dessa fragilidade depressiva, buscando desesperadamente alguém capaz de protegê-la, tenha se apaixonado por um tipo como Gunther. E essa hipótese o atormentava: não seria ele, com sua tendência a sempre manipular os outros para fazê-los fazer o que ele queria, quem teria perturbado mãe e filha? De todo modo, jurara a si mesmo jamais abandoná-las, quaisquer que fossem suas aventuras, inúmeras, aliás. Muitas vezes, deixava um dia de trabalho exaustivo para ir ao encontro de graves problemas domésticos, embora ele contasse, é claro, com muitos auxiliares, como é comum entre as pessoas ricas. O sofrimento, porém, acabava com Gunther, porque ele vivia se indagando da parte de responsabilidade que lhe cabia no estado de sua filha e de sua mulher, que ele ainda amava. Pouco a pouco, abriu-se com Clara.

Eis um assunto que ele gostaria de conversar com Heitor. Clara amava um homem por sua força ou por sua fragilidade? Mas, claro, esse agora era um tema difícil de ser abordado entre os dois, pois teria muito rapidamente se transformado em sombrias e tolas especulações: "ele faz amor melhor do que eu?", por exemplo, ou perguntas ainda mais diretas e mais indiscretas, porque, veja, os homens vivem atormentados por esse tipo de questão.

Heitor e o ciúme

Enquanto esperava um sinal da parte do professor Pelicano, Heitor passeava com Vayla, todas as despesas debitadas na conta de Gunther. Encontravam-se sempre com Luis Felipe, pois ele não ia deixar um amigo completamente sozinho numa cidade imensa cheia de chineses.
Quer dizer, completamente sozinho, não. Luis Felipe tinha arranjado uma amiga chinesa, Li, sua intérprete nas reuniões de negócios. Li era uma mulher alta e muito magra, meio ossuda, até. Com os óculos, tinha cara de uma professora rigorosa, mas, quando estava sem eles, parecia ser uma mulher doce e amável. (Heitor ficou pensando se ela os usava quando estava só com Luis Felipe). Li era casada com um chinês muito ocupado, que viajava constantemente a diferentes cidades da China e que, parecia um pouco com Luis Felipe, pois nem sempre estava em casa todas as noites. Tinham

dois filhos, uma menina pequena e um garotinho adoráveis. Se todos os chinesinhos fossem iguais àqueles, pensava Heitor, seus pais chineses deviam continuar a fazer muitos deles.

Um dia, jantavam todos os quatro num magnífico restaurante. Como isso não quer dizer muita coisa para você, e como a China tem muitos restaurantes, vou descrevê-lo. Entrava-se por um parque, muito grande, que à noite centenas de velas iluminam, como num castelo francês. Depois, vinha a casa, tradicional, toda em madeira, de vários patamares e umas lanternas que de tempos em tempos, à meia luz, destacavam uma escultura ou um quadro na penumbra. Era como estar num local de preces, com a diferença que aqui você se ajoelhava diante do seu prato, tanto aquela cozinha era excelente. A iluminação fazia dos jantares momentos magníficos e se, além disso tudo, você ainda por cima estivesse com Vayla e com Li, sem os óculos, pode imaginar a maravilha que era!

Heitor observou que Luis Felipe não dizia nenhum palavrão na frente de Li e que, ao contrário, expressava-se com muito esmero, perguntando sempre se tudo estava de seu agrado. É mesmo uma boa idéia ser gentil com seus intérpretes porque, para fazer negócios na China, os intérpretes são muito importantes.

Vayla e Li não conversavam uma com a outra. É verdade que não falavam a mesma língua, mas essa talvez não fosse a única razão. Heitor entrevia uma sombra de inquietação atravessar o rosto de Vayla a cada vez que ele conversava com Li, do mesmo modo que o sorriso de Li parecia ligeiramente crispado quando Vayla tentava se comunicar um pouco com Luis Felipe, que conhecia algumas palavras do khmer. Heitor compreendeu que Vayla temia que uma mulher mais instruída e capaz de conversar com ele pudesse lhe agradar mais que ela, uma pobre garçonete, ao passo que Li devia pensar que uma mulher capaz de agradar a Heitor sem nem mesmo conversar com ele poderia também interessar Luis Felipe. Bobagens, porque Vayla e Li deveriam saber que entre amigos de verdade a mulher do amigo é como uma irmã, que você nem em sonhos a desejaria, pois quando não se respeita isso, não se respeita mais nada e tudo o mais fica comprometido. Observe o que eu disse – "entre amigos de verdade". Claro que a definição de um amigo de verdade é discutível... É aí que as coisas complicam e os problemas começam.

 Foi então por esse sorriso um tanto crispado de Li quando ela via Vayla rindo dos erros que Luis Felipe cometia no khmer que Heitor compreendeu que, se nada tinha ainda acontecido entre eles, Li e Luis Felipe pareciam programados para uma colisão voluntária. E compreendeu ainda melhor o apetite de Vayla pelos clips legendados das televisões asiáticas: ela não queria ser a única a não poder conversar com ele.

 Assim, mais uma vez, Heitor confirmava que o ciúme parecia indissociável do amor. Mas, de que tipo de amor?

 O professor Pelicano tinha falado de dois componentes do amor, o desejo sexual e o elo amoroso. Desculpou-se e tirou seu caderno.

Florzinha número 16: o ciúme é indissociável do desejo.

Heitor lembrou-se, porém, daquele depósito de moças no país de Vayla. Aquelas meninas, que tinham muitos clientes, eram desejadas por homens que certamente não sentiam nenhum ciúme delas.

Heitor imaginou-se instalado naquela cidade e freqüentando todos os dias aquele depósito (sua vida não tinha dado certo, tudo ia mal, Clara o abandonara, e Vayla também, seus pacientes tinham se suicidado, seus pais morrido, ele teve de pagar impostos altíssimos, engordou para valer e seus cabelos começavam a cair). Sem dúvida, pensou, ele terminaria preferindo uma daquelas moças a todas as demais, ligaria-se a ela, não suportaria mais que ela recebesse outros clientes, antes ou depois dele, e estaria pronto a arranjar-se com a *mamasan* (a responsável pelos recursos humanos em diferentes línguas asiáticas) e seus sócios para que a jovem abandonasse aquele triste ofício. Heitor tinha certeza desse final porque já tinha acontecido, com ele mesmo, uma coisa muito parecida uma vez, quando esteve na China. A diferença é que ele tinha se afeiçoado à jovem antes de conhecer sua profissão.

Então ele escreveu:

Florzinha número 17: o ciúme é uma prova de afeto.

Mas isso tampouco bastava. Ele conhecia alguns casais que não sentiam mais desejo um pelo outro, mas que mantinham um laço e um apego muito fortes, e que não sentiam ciúmes quando um deles tinha uns casos, como dizia Luis Felipe. E Heitor lembrava, inversamente, de homens que não tinham mais afeição nenhuma por suas mulheres, mas que ficavam simplesmente enlouquecidos só de pensar que elas pudessem ter o mais breve encontro com alguém. Mas isso seria mesmo amor? Havia, talvez, duas espécies de ciúme: o ciúme de que o outro deseje um terceiro ou o ciúme de que o outro possa se afeiçoar a alguém mais. Havia, portanto, tantos componentes no ciúme quanto havia no amor...

Talvez... Súbito, Heitor teve uma iluminação. Devia haver tantos componentes no amor quanto na dor-de-amor!

— *Sabay!* – exclamou.

— *Sabay!* – repetiu Vayla, feliz de ver Heitor alegre.

Luis Felipe explicou a Li o que isso queria dizer em khmer e Li pensou e disse que em chinês de Xangai isso podia ser dito assim: *Don Ting Hao De*.

E todos exclamaram *Don Ting Hao De* e Heitor pensou que aquele também era um instante de felicidade...

Mas, quem diz instante, diz efêmero...

CLARA ESTÁ TRISTE

No avião, Clara pensava com tristeza no que a teria feito gostar menos de Heitor. Como era uma moça metódica, que tinha o hábito de fazer planos por etapas, tirou um caderno da bolsa, ligeiramente emocionada, porque aquele era um caderno que ela tinha retirado dos pacotes de Heitor, que os comprava sempre em blocos de dez e escreveu:

– *Por que, entre nós, o amor se acabou? Tenho raiva dele porque não quis casar comigo quando eu queria?*

Isso era um pouco verdade. No início do namoro, Clara estava muito apaixonada, Heitor também, mas ele não sentia nenhuma urgência em casar-se, quer dizer, em assumir compromissos mais duradouros. De tanto ter ouvido seus pais dizerem que o casamento era algo capital e que era importantíssimo escolher bem uma esposa, pois, em matéria de catástrofes, o divórcio vinha em terceiro lugar depois da guerra nuclear e da peste negra, Heitor tinha ficado com um pouco de medo do casamento, de sua aparência de coisa absolutamente definitiva e desse tom do "para sempre". Com isso, deixou passar o entusiasmo conjugal de Clara. Agora, era a vez dela não ter mais muita vontade de maiores compromissos. Mas, não. Clara não estava com raiva de suas errâncias do passado, pois ela sabia que isso são coisas da vida. Depois, quando você mesmo não tem mais muita vontade de se casar com uma pessoa, é difícil querer mal a alguém por não ter tido, no passado, a mesma vontade. Mas, quem sabe, ela quisesse um pouco mal a Heitor, sim, por ele ter desperdiçado o frescor e a espontaneidade de seu amor por ele.

– *Por que o tempo destrói tudo e por que a gente se conhece há muito tempo?*

– *Por que ele não me faz mais sonhar?*

Essas perguntas traziam mais ou menos as mesmas respostas. Clara conhecia Heitor de cor e salteado, seus lados bons e seus lados menos bons. Era verdade que ele não podia mais fazê-la sonhar tanto.

– *Por que sua profissão o faz alguém menos divertido e mais frágil?*

Se isso fosse verdade, ela achava injusto. Mas, quem disse que o amor é justo? A profissão deixava Heitor muitas vezes exausto e quando ele chegava em casa passava pelo menos uma hora em silêncio, absorto, mesmo quando eram convidados a algum jantar. Certas noites, Heitor abusava um pouco dos aperitivos (para engrenar mais rápido nas conversas e no clima de festa) e às vezes ele dizia umas bobagens que deixavam Clara irritada. Nas férias ou nos finais de semana, Clara gostava de inventar coisas para fazer, ela gostava de esportes, mas Heitor sempre dizia que estava cansado e passava seu tempo deitado, cochilando, ou dormindo ou fazendo amor, isto é, ele em geral passava seus fins de semana na cama e isso também irritava Clara.

— *Por que Gunther me atraiu desde o início?*

Clara mordeu a caneta. Taí uma coisa que ela achava difícil admitir. E se fosse essa a razão principal? Ela amava Heitor, mas Gunther apareceu e ela sentiu-se atraída por aquele homem, por sua força, por sua inteligência (atenção: uma inteligência simplesmente diferente da de Heitor, que não é nenhum idiota), pela rapidez com que tomava decisões (neste ponto, ele era muito diferente de Heitor, isso é bem uma verdade), por sua maneira de passar de um salto da mais aguda cólera a uma calma encantadora (Heitor nunca tinha raiva de nada), por seu talento de ver as coisas do alto, com uma visão estratégica, e ao mesmo tempo ser capaz de descer aos mais ínfimos detalhes (Heitor não teria sido ruim em estratégia, mas os detalhes aborreciam-no).

O que deixava Clara contrariada é que essa história era de uma banalidade vulgar: a moça que se apaixona pelo chefe, ou a aluna pelo professor, e Clara não admitia a idéia de ser banal. Para ela, isso soava uma decadência horrorosa.

Preferia dizer a si mesma que ela se apaixonara por Gunther porque o tinha achado comovente quando ele contou o inferno que vivia em casa com a mulher e a filha.

Era verdade. A intimidade que se estabeleceu entre eles depois dessas confidências foi o que fez nascer o amor que Clara sentia por Gunther. (Heitor até já tinha lhe explicado: entre as mulheres, a intimidade afetiva pode conduzir ao amor, mesmo por um homem que a princípio elas não achem tão interessante; os psiquiatras, inclusive, precisam se precaver contra o amor que podem provocar em suas pacientes, de que se tornam tão próximos). Mas, imaginemos um pouco se, no lugar de Gunther, fosse seu colega Frank, do departamento de estudos prospectivos. Ele gostava de fazer caminhadas quando visitava os pais, que moravam no interior, numa bela região de trilhas nas montanhas. Se fosse esse tipo de moço quem lhe tivesse contado seus infortúnios familiares, ela também teria se sensibilizado?

Eis o tipo de pergunta que Clara teria preferido não fazer. Ainda mais que, quando era mais jovem, tinha sido militante de esquerda. A idéia de ter se apaixonado por um homem que chamavam de "Gunther, o exterminador" incomodava-a triplamente.

O avião pairava sobre Xangai e uma floresta de arranha-céus elevava-se da terra naquele dia nublado. Uma selva de pedra, pensou Clara, que sabia usar bem certas frases e achar expressões de efeito.

Ainda bem, porque ela precisava encontrar alguma muito boa para anunciar a Heitor que ela não o amava mais, que tinha uma ligação com outro homem que ela amava, e que esse homem era Gunther, seu chefe. Ou, não. Melhor não contar essa segunda parte, pois colocaria em risco o empenho de Heitor para encontrar o professor Pelicano e isso, pelo menos, era uma missão que lhe ocupava a mente e o espírito.

E por que Gunther permitira tão tranquilamente que ela fosse a Xangai anunciar a Heitor o fim de seu amor? Porque ele tem confiança em mim, pensou... O que prova que quando uma idéia nos agrada ela pode impedir que a gente reflita um pouco melhor.

E se Heitor estivesse mesmo apaixonado pela jovem asiática que ela vira na TV? Aí, sim, pensou Clara com desgosto, que vulgaridade! O homem ocidental não mais tão jovem que cai nos braços de uma mocinha asiática toda doce que lhe sorri o tempo todo. Muito bonito, hein, doutor Heitor!

Pensou de novo numa expressão que seus pais sempre repetiam a propósito de seus dois irmãos mais novos, insuportáveis: "Dou um pelo outro e não quero troca"... Pensou que, naquele momento, o mesmo se podia dizer dela e de Heitor, e das mulheres e dos homens, quando se tratava de amor.

Muito longe, lá embaixo, Heitor e Vayla estavam, justamente, fazendo amor. Não tiveram tempo de verem a si mesmos na TV. Mas Vayla já tinha assistido a clips suficientes para cantarolar no ouvido de Heitor:

— *I just can't get you out of my head*...

A VIDA DE HEITOR FICA COMPLICADA

Caro amigo,
Três semanas que não nos vemos... Não me queira mal pelo desaparecimento súbito, mas percebi que nossa imagem junto aos dois pandas apaixonados logo atrairia a atenção daqueles que me procuram e, portanto, a única vitória era a fuga, como dizia Napoleão a propósito do amor.
 Conto por enquanto ficar nas paragens, espere um sinal meu. Encontrei aqui dois jovens químicos cheios de talento prontos a me acompanharem nas experiências da pesquisa. Esse país possui um potencial de criatividade, de inteligência e de juventude absolutamente exaltante.
 Observando a adorável Vayla, encorajo-o firmemente a nem sonhar em deixá-la. Ela tem o sorriso da felicidade e, como sabe segundo a leitura de meus últimos estudos, este é o sinal de que é uma pessoa dotada para se manter feliz apesar dos percalços da vida. Conhece o valor de uma mulher de bom humor, meu jovem amigo? Inestimável, afirmo-o. Minha Not tem suas belezas.

Mas, neste plano, é antes uma natureza atormentada (o que não é de surpreender, conhecendo sua infância, que um dia eu contarei a você).

Deixo-o, pois bem neste instante meu jovem colaborador vem me avisar que chegamos ao fim de uma nova experiência.
Sabay!
(Entre parênteses: você sabe que essa exclamação é derivada de uma outra, que quer dizer que se come arroz? Isto é: quando se come arroz, tudo vai bem. Felicidade simples a dessa gente, emocionante no fundo, para quem conhece o que lhes aconteceu neste tempo, quando lhes fizemos descobrir, sucessivamente, as duas invenções do Ocidente: o marxismo enfurecido e o B52.)
Chester Pelicano

A mensagem fez Heitor mergulhar na mais profunda inquietação. O professor Pelicano ia prosseguir com suas experiências. Ora, ele lembrava que o primeiro químico que tinha trabalhado na pesquisa com o professor, depois de fazer uso de uma das novas moléculas, estava agora internado. O que ele dizia de Vayla também o preocupava: sabia que o professor Pelicano era um especialista mundial da decodificação das expressões faciais das emoções e que seus estudos tinham permitido reconhecer o tipo de sorriso daqueles naturalmente aptos à felicidade. Então, justamente isso tornava ainda mais difícil, se é que ele próprio seria capaz, sua separação de Vayla. E, além do mais, o professor nem tocava no assunto do antídoto.

Olhou para Vayla, inconsciente de seus debates internos, dormindo tranquilamente, seu doce perfil destacando-se no travesseiro. Ela deve ter sentido seu olhar, pois abriu os olhos e lhe ofereceu um sorriso imenso. A ternura invadiu Heitor. Seu cérebro secretava a ocitocina, teria dito o professor Pelicano.

Mas, dirá você, e por que razão ele deixaria Vayla? Se são felizes, por que Heitor e Vayla não se casariam? Você já entendeu: porque Heitor continuava apaixonado por Clara. E, de volta ao computador, Heitor encontrou outra mensagem em sua caixa postal. Vayla tinha levantado e se instalara na frente da televisão.

Querido Heitor,
Estou chegando em Xangai esta noite. Vou me hospedar no Peace Hotel. Onde está você?
Beijo.
Clara

Tempestade à vista. Heitor respondeu.

Clara querida,
Estou no

Não. Apagou.

Clara querida,
Posso te encontrar no hotel.

Não. Apagou.

Querida Clara,
Avise-me quando chegar. Este é o número do meu celular chinês.

Ele tinha comprado um cartão recarregável chinês para se comunicar mais secretamente com o professor Pelicano. Mas esse lhe explicou que o laboratório tinha todos os meios e boas relações para mobilizar algumas pessoas dos serviços especiais chineses, que ficariam satisfeitas de acrescentar algo a seus rendimentos (um pouco mais de carne no feijão, diríamos nós, laquear melhor o pato, diriam eles), trabalhando depois do horário de serviço. E o novo número de Heitor seria conhecido, e escutado, em menos de vinte e quatro horas. Mas isso não tinha importância no caso, pois Gunther, o chefe, certamente sabia da viagem de Clara a Xangai.

Diante da televisão, Vayla soltou um gritinho. Heitor olhou a tela.

Viam o professor Pelicano inflamando-se em nome da causa do amor, próximo aos pandas, Heitor a seu lado e o sorriso de Vayla iluminando a tela. Heitor enrubesceu: entendia agora porque Clara estava chegando em Xangai!

Vayla pendurou-se em seu pescoço, cobrindo-o de beijos. Para ela, ver uma imagem dos dois juntos na televisão era uma espécie de sacramento, um milagre imprevisto que lhe acontecia, a ela, pobre garçonete, como em um conto de fadas de seu país, em que a benevolência dos deuses súbito ilumina uma humilde pastora caminhando descalça por entre as valas de um arrozal.

HEITOR RECRIMINA-SE

Heitor acordou. Vayla dormia tranqüila a seu lado, completamente enfiada debaixo da coberta, só com o narizinho de fora pois, para ela, o ar-condicionado do quarto era o mesmo que um duro inverno nas montanhas.
Heitor pensou em Clara.
Ela ia chegar em Xangai e o que ele ia fazer?
Apresentá-la a Vayla, pedindo que ficassem boas amigas?
Não... Dizem que os psiquiatras são meio malucos, mas não a este ponto. Heitor pensou que, se houvesse um mundo ideal, ele gostaria de viver seu amor com Vayla sem por isso perder Clara. Nem mesmo a pílula do professor Pelicano tinha desfeito o laço que sentia ainda bem vivo entre os dois.
Mas, quando é que ela começou a não amá-lo mais?
Heitor se pôs a refletir.

O segundo componente do mal-de-amor.

O segundo componente do estado comumente chamado de sofrimento amoroso é a culpa. Atribuindo a nós mesmos a responsabilidade pela perda do ser amado, reprovamos cada um de nossos atos e de nossas palavras que puderam quiçá contribuir para o declínio de seu amor. Particularmente dolorosas são então as lembranças que vêem à mente, de rudeza, de negligência, ou mesmo de ironias para com o ser amado, que nos parece, retrospectivamente, de uma boa vontade ímpar, insistindo em nos amar apesar de todas as omissões e de todos os erros de que nos sentimos culpados. As críticas e reprovações tomam em geral a forma de questões, dirigidas a si mesmo. "Como pude me mostrar tão desatento(a) quando ele(ela) precisava tanto da minha ajuda? Como pude ser tão desagradável, quando ela(ele) fazia tudo para me deixar de bom humor? Por que eu quis tão tolamente cortejar aquela fulana(o) se eu sabia que ele(ela) sofreria com isso? Por que eu o(a) deixei ser cortejado(a) por aquela cretina(o) e nem reagi, como se eu estivesse muito segura(o) de mim ou, ao contrário, nem um pouco segura(o)? Como pude me recusar a responder a suas alusões aos nossos projetos de futuro quando ela(ele) sonhava com isso e só pedia para me amar?"

Vieram à sua lembrança todos os momentos em que não tinha tido certas delicadezas com Clara, e lembrou até de tê-la feito chorar quando, no início do namoro, ele lhe explicou com toda a tranqüilidade que não sabia se queria mesmo engajar-se num relacionamento mais sério, ou quando ele estava de mau humor e lhe respondia de modo rude. Todos esses momentos (Clara em lágrimas, Clara tristonha, Clara melancólica), voltavam a sua memória. Recriminava-se profundamente de suas grosserias, de sua indiferença, das críticas e das frases injustas que cometera, embora não se achasse, como Luis Felipe, um completo idiota.

Nessas evocações do passado, o ser amado aparece como uma maravilha de pessoa, terna, honesta e generosa conosco, enquanto nós, ao contrário, não passamos de um ser desatento, egoísta e inconsciente da própria felicidade. Essa ruminação culposa pode por vezes levar a escrever longas cartas de remorsos e de juras de amor eterno endereçadas ao ser amado. A escrita dessas cartas provoca de imediato um forte alívio, mas de curta duração, porque em geral o ser amado não as responde.

Clara não tinha respondido a seus primeiros e-mails melancólicos e tristes. Mas ela vinha pessoalmente a Xangai.

Vayla abriu um olho, começou a sorrir ao vê-lo, mas logo fez um ar interrogativo e inquieto. Sentia que Heitor estava preocupado. Heitor, por sua vez, sorriu para ela e anotou:

Florzinha número 18: amar é sentir imediatamente quando o outro está infeliz.

Heitor faz uma grande descoberta

Heitor adormeceu. E quando acordou, Vayla tinha saído. Ficou inquieto: como ela ia se virar sozinha numa cidade em que os nomes das ruas estão escritos em chinês e em que os motoristas de táxi nunca entendem a maneira pela qual você pronuncia seu endereço? Acabam levando você a outro lugar que nem conhecia! Se não levar consigo o cartão do hotel, corre o risco de ir parar debaixo de uma ponte esquentando sozinho sua sopa...

No saguão, Heitor encontrou Luis Felipe. Estava sentado perto do bar e não parecia muito em forma.

– Tudo bem? – perguntou Heitor.

– Ah, sempre a mesma história, fico me criticando... Já conhece a ladainha...

– Pois é... Viu Vayla?

– Vi. Passou por aqui há pouco. Parecia apressada.

– Onde pode ter ido? E se ela se perder?

— Ah, não se inquiete, meu velho. Aqui ninguém se perde, sempre é encontrado. Depois, não acho que uma moça como ela vá deixar escapar alguém como você.
— O que quer dizer com isso? — perguntou Heitor. A reflexão de Luis Felipe não lhe soava muito agradável...
— Imagine a vida que ela tem. E olha que é uma privilegiada... Sustenta a família inteira com seu salário, mas arrisca-se a perder o emprego quando o hotel fica vazio. Ainda precisa enfrentar as cantadas de uns idiotas — não falo de você, claro que é diferente. E se trabalhava naquele hotel era justamente porque não queria terminar no *massage-madame*, como dizem eles, mas se as coisas andarem mal, vai terminar ali mesmo mais dia, menos dia. A única perspectiva que tem é encontrar um marido da sua terra... Há exceções, claro, mas, acredite, são uns verdadeiros machistas como não se faz mais há muito tempo. Portanto, na minha opinião, mesmo largada sem bússola numa tempestade de neve, ela não vai se perder de você.

Mas, então, pensou Heitor, o que atraíra Vayla? O amor ou o interesse? Claro que ele podia achar que tinha sido o amor, já que ela tinha tomado as pílulas do professor Pelicano. Além do mais, ela demonstrava nas expressões do seu rosto todos os sinais do amor. Mas a relação entre eles teria sido a mesma, sem as pílulas? O que lhe permitia afirmar com certeza o motivo pelo qual Vayla se sentira atraída por ele? Era o tipo de pergunta que qualquer homem de um estatuto social mais elevado que o de sua mulher poderia fazer (ou, ao contrario, evitar fazê-la).

E quanto a ele? Amava Vayla de verdade ou fora levado por sua beleza e porque se entendiam bem na cama? Era o tipo de pergunta, dessa vez, que qualquer mulher muito bela poderia fazer: era amada por si mesma ou por sua aparência sedutora, pela excitação erótica que provocava ou pelo prestígio de exibi-la e impressionar os demais, como quem carrega um belo troféu pelo braço? A questão aplicava-se também, em menor medida, às mulheres ricas ou aos homens muito bonitos. Heitor abriu seu caderno e anotou:

Florzinha número 19: o amor seria então uma complicada mescla de interesse e paixão?

A pergunta não era fácil, pois se podia distinguir entre o interesse material, em geral oposto ao amor, e os interesses emocionais, em geral considerados como sinais amorosos. Pois uma mulher pode apaixonar-se por um homem mais rico, não pelo dinheiro em si mesmo, mas porque se sente protegida e confortada, e esse sentimento de segurança faz o amor nascer, e persistir – ou não, e aí tinham-se as provas do afeto – mesmo quando o homem arruinava-se financeiramente. Podia também apaixonar-se por um homem do tipo líder, não porque ela gostasse particularmente de líderes poderosos, mas por causa das qualidades de energia e de espírito combativo que permitiram a ele, exatamente, chegar onde estava.

Apaixonamo-nos por alguém belo porque a beleza provoca o desejo e, ao mesmo tempo, produz uma impressão de calma e felicidade que faz parte do sentimento descrito como amor. "A beleza é uma promessa de felicidade", dissera um grande escritor do país de Heitor, embora ele mesmo não fosse bonito e tenha sido infeliz no amor. Claro que o ideal seria amar alguém apesar de suas fraquezas e de seus defeitos, simplesmente porque é essa a pessoa que se ama e porque o amor é capaz de ver a beleza do ser amado em toda a sua plenitude, mesmo quando não é visível aos olhos de todos. Era preciso anotar isso:

Florzinha número 20: amar é ver sempre beleza no ser amado, mesmo quando ninguém mais sabe vê-la.

Heitor se pôs a cantarolar:

Quando vierem outros, mais belos e mais fortes que eu,
Onde andará, onde andará?
E quando tudo piorar?
Ainda me amará?
Ou já me esqueceu?

— É legal essa música — disse Luis Felipe. — Mas esse tipo de pergunta é melhor não fazer.

— Eu estava pensando nessa distinção entre o amor e o interesse. O que você acha?

— Ah, aí, meu velho, vinte anos de Ásia, tive tempo bastante para pensar no assunto. Já vi de tudo, realmente. Aqui, um homem branco, comparativamente, quase sempre é um homem rico. E esses são países de jovens, e de mulheres jovens, e isso pode virar a cabeça de um monte de homens.

— E daí?

— Daí, que eu vi de tudo, mesmo. Gente sentimental, por exemplo, que se enrascou... casando com umas manipuladoras oportunistas: o complexo do salvador das boas almas, que todo mundo advertia, mas ele só respondia com um "ela é boa demais para isso, ela é diferente das outras", e por aí vai. E a gente tinha razão: na maioria dos casos foram esfolados e, às vezes, até expulsos do país quando as garotas tinham conhecimentos e boas relações. Em outros casos, porém, mesmo quando os homens envelheceram e empobreceram, as moças cuidaram deles e os apoiaram, até seu último suspiro. Era amor, era dever? Não sei, mas em todo caso havia um outro laço que não só o puro interesse. Mas vi também casais felizes, gente que se casou com moças que deram excelentes esposas e mães maravilhosas, que ninguém nem diria... Amor, interesse, dever? Não sei... Vi de tudo. Mas a verdade, nos países pobres, é que muitas jovens passam a viver de seus encantos, muitas vezes para alimentarem irmãos e irmãs menores que continuam a viver no campo com toda a pobreza... Depois, sabe, conheci também terríveis enrascadas com esposas oriundas das melhores famílias.

— Quer dizer que você acha difícil distinguir entre o amor e o interesse?

— Quando tudo vai bem, é muito difícil saber com certeza. A prova da verdade só vem quando a coisa vai mal, como na sua música. Você conhece aquela frase que se diz na cerimônia do casamento (ou que se dizia, pelo menos): "no melhor e no pior, na fartura e na pobreza, na saúde e na doença..."

Luis Felipe às vezes parecia um pouco bruto, mas bem se via que ele sabia raciocinar, pelo menos nos momentos em que não estava lá muito em forma.

Heitor anotou em seu caderno:

Florzinha número 21: o amor se demonstra na prática.

Vayla entrava no hotel. Assim que viu Heitor, seu rosto iluminou-se. Heitor teve tempo de escrever:

Florzinha número 22: amar é sorrir quando se vê o outro.

A VIDA DE HEITOR FICA COMPLICADA

Depois de um bom chuveiro e de trocar de roupa, Clara desceu toda lépida ao saguão do Peace Hotel. O hotel parecia um castelo, com suas paredes nuas, de pedras antigas, com seus vitrais e seus móveis de antanho, salvo que esse castelo era freqüentado por modernos homens de negócio e por turistas de todos os países, e também por turistas chineses, porque a China é tão vasta quanto vários países reunidos.

Clara sentiu-se súbito sem coragem. O que veio fazer em Xangai? Ver Heitor, certo, mas para quê?

Dizer que não o queria mais? Dava-se agora conta de que isso não era verdade, pois ela tinha vindo até ali. Anunciar, então, que continuava a amá-lo? Mas, nesse caso, como explicar sua ligação com Gunther? E ela amava Gunther, ela sabia, um amor mais jovem e mais violento, diferente daquele que sentia, mais calmo, mas talvez mais profundo, por Heitor. Pediu uma água mineral pensando que, se houvesse um mundo ideal, ela gostaria de viver seu amor com Gunther sem por isso perder Heitor. *No fim, não sou muito melhor que um homem que quer manter ao mesmo tempo a esposa e a amante.* Além do mais, ela percebia que a visão daquela bela oriental ao lado de Heitor tinha provocado o medo de perdê-lo para sempre. Não era mesmo nada muito honroso.

Bem, sempre é melhor ter o coração claro... Ela telefonou para Heitor.

O momento não era muito propício pois, nesse mesmo instante, Heitor subia ao quarto com Vayla e essa, surpresa!, acabava de lhe entregar um bilhete escrito pelo professor Pelicano.

"Not", explicou Vayla. E Heitor compreendeu que duas jovens khmerianas largadas numa metrópole desconhecida sabem sempre como se encontrar quando necessário.

Caro amigo,
Abandonemos mais uma vez a trilha conhecida da internet, espionado pelas almas vis, e passemos por mensageiras aladas como aquelas de que se serviam os deuses. Não parecem mesmo duas pequenas deusas, nossas adoráveis apsaras? Venha encontrar-me agora em meu laboratório e você verá a ciência em marcha. Deixe a doce Vayla fazendo compras (que você inclui nas suas notas de despesas, pois, creia-me, com tudo o que sabe, eles não recusariam nada a você), vá até a esquina da Fuxing Dong Lu com a Wan Bang Zhong Lu e faça de conta que está olhando os quadros (excelente arte contemporânea chinesa, aliás). Entre

na galeria, pergunte onde ficam os toaletes e, uma vez no fundo do corredor, entre na segunda porta à direita. Último detalhe, mas importante: dê um jeito de chegar às 12h45, em ponto. Se não conseguir, idem, mesmo lugar, exatamente uma hora mais tarde. Esperando nosso encontro com o qual me regozijo de antemão,

O excelente Chester.

Nesse instante, o telefone de Heitor tocou. Era Clara.

— Pronto, eu já cheguei. Você está onde?
— He...
— Está no hotel?
— Sim, não, quer dizer... Eu ia sair.
— Prefere que a gente se encontre em outro lugar?

Heitor consultou o relógio: 12h18. Ele não ia respeitar o timing dado pelo professor Pelicano.

Explicou a Clara que precisava deixar de imediato o hotel, tinha um encontro importante.

— Com quem? Com Pelicano?
— Não, não!
— Com aquela moça?
— Mas, não...
— Está bem. Ligue para mim quando terminar.
— Ok.

Desligou o telefone e viu que o rosto redondo e bonito de Vayla estava crispado: ela tinha entendido perfeitamente que Heitor falava com uma mulher que lhe trazia preocupações.

— *Sabay!* — disse ele, mas isso não conseguiu acalmá-la.

Ela lançou-lhe um olhar de reprovação.

— *Noblem!* — acrescentou ele, abraçando-a. Essa era outra das raras expressões que partilhava com Vayla: foi assim que ela entendeu e reteve o *No problem*. Dessa vez ela sorriu e Heitor partiu com o coração feliz, ou quase.

Heitor se deixa levar

A galeria ficava numa grande rua de belos imóveis antigos de tijolo que lembravam os que se via em Nova York. Nada de espantoso, pois datavam dos mesmos anos e tinham talvez sido concebidos pelos mesmos arquitetos em voga naquela época.

Heitor achou bem interessante as obras do pintor exposto: os quadros mostravam jovens chinesas num fundo de fábrica, de campos trabalhados ou em canteiros de obras, um pouco como cartazes de propaganda, mas dava para notar que o pintor quis ironizar as propagandas, pois as jovens não pareciam pensar em construir o futuro do socialismo. Pareciam antes entediadas ou então com ar de quem quer se divertir ou passar a vida teclando o celular para enviar um recado ao namorado.

A jovem chinesa que mantinha a galeria – seria uma dos modelos do pintor? – deu-lhe um pequeno bom dia simpático e Heitor ficou sem graça de desapontá-la, pois ele não ia comprar nenhum quadro, pelo menos não naquela hora. Dirigiu-se aos toaletes olhando seu relógio: 12h44. Parou diante da segunda porta à direita e abriu-a.

Deu numa pequena ruela atrás do prédio e quase foi esmagado por um carro negro enorme, de vidro fumê, que freou bem na sua frente. A porta abriu-se.

— Vamos, suba! — disse o professor Pelicano.

Heitor viu-se sentado ao lado do professor enquanto o carro arrancava num pinote, conduzido, ou melhor pilotado, por um motorista que usava o uniforme — Heitor ficou surpreso — do exército chinês.

— Deixe-me apresentá-lo a Lin Zao, do Exército de Libertação do Povo. Além de dirigir muito bem, é prático, se quiser evitar que a polícia peça seus documentos.

O motorista voltou-se um segundo para cumprimentá-lo e Heitor viu que era uma chinesa de ar muito sério, que usava uma boina militar e tinha um colarinho ornado de estrelas douradas.

O professor Pelicano parecia ter bons padrinhos em Xangai. Os chineses usam uma palavra para isso: *guanxi*, e se você não tiver um *guanxi*, o único negócio que consegue fazer na China é pedir um prato num restaurante.

— O bom disso tudo — prosseguiu o professor Pelicano —, é ver que gente de muito valor está interessada nas minhas pesquisas.

— Para onde vamos?

— Ao meu novo laboratório!

O carro pegou uma rampa de acesso e terminaram num viaduto que sobrevoava a cidade. Passavam entre imensos arranha-céus, tantos e tão parecidos que Heitor não conseguia localizar aqueles que tinha observado quando chegou. Heitor vivia numa grande cidade, mas ali ele se deu conta que sua cidade não era nada grande.

— Professor Pelicano, antes de mais nada, preciso do antídoto. Não quero ficar indefinidamente ligado a Vayla.

— Mas, por que não, meu jovem amigo?

— Porque...

Era difícil explicar. Primeiro, porque Heitor ainda se sentia apaixonado por Clara. E desconfiava que nem Clara nem Vayla iam gostar de dividi-lo. (essa solução talvez não o desagradasse, veja bem, porque os homens em geral são assim mesmo, preferem soluções menos definitivas no amor; querem ser gentis e generosos com todo mundo, mas sempre tem uma mulher que quer que eles sejam gentis só com ela e com mais ninguém). Depois, a idéia de que o amor entre ele e Vayla tenha sido provocado por uma pílula incomodava-o: Heitor tinha a impressão de que isso era um atentado à liberdade deles, coisa meio complicada de explicar ao professor Pelicano, alegríssimo e satisfeito com suas experiências.

— Você os terá, não se preocupe — respondeu o professor. — Insisto em dizer, porém, que vai provocar infelicidades, ou melhor, vai perder a oportunidade de experimentar uma imensa felicidade.

Heitor preferiu não discutir. Tudo o que queria era uma promessa do professor. Decidiu interrogá-lo a respeito do amor. Sabia que o professor Pelicano gostava desse assunto.

— Anotei, outro dia, uma pergunta: *o amor seria uma mescla entre o interesse e a paixão?* Perguntei a mim mesmo se por vezes os interesses não provocavam emoções fortes – uma mulher é atraída pelo status de um homem que pode protegê-la, mas apaixona-se de verdade por ele – e, ao contrário, se nossas paixões não serviriam a nossos interesses – um homem sente-se apaixonado por uma bela mulher, mas, no fundo, ter a seu lado aquele rostinho gracioso o ajudará a afirmar seu status junto aos outros.

– Excelente! – rugiu o professor Pelicano. – Mas você só está falando de um componente do amor. Dois, no máximo... E está se referindo mais à sedução que propriamente ao amor...

Heitor estava contente: em poucas frases, o professor Pelicano resumia muito bem tudo o que havia de interessante a dizer a respeito do amor. Mas, nesse momento, a chinesa de boina que dirigia o carro comentou em inglês que estavam sendo seguidos.

Atrás deles, vinha um carro enorme, alemão, ou melhor, não bem atrás deles, mas atrás do carro que ia atrás deles, porque se o motorista do carro alemão era bem esperto, era porém menos esperto que a capitã Lin Zao do Exército de Libertação do Povo.

– Droga! Seguiram você! – disse o professor Pelicano. – Seguiram você!

– Ou talvez o senhor – retrucou Heitor.

– Impossível!

Teriam podido discutir longamente, mas o carro virou bruscamente numa saída, tão rápido que parecia que ia capotar, e nos cinco minutos seguintes, entre as cantadas de pneus, Heitor e o professor Pelicano não puderam fazer mais que grudar em seus assentos e se-

gurar bem firme no encosto do carro. Passado um tempo, a motorista diminuiu a velocidade.
— Já os despistamos — disse a capitã.
Heitor e o professor Pelicano endireitaram-se. Rodavam agora numa pequena rua ladeada por plátanos e pequenas casas. Parecia que estavam no país de Heitor, o que era de se entender, pois essa parte da cidade pertencia-lhes há muito tempo. O carro entrou numa garagem e estacionou num pátio com dois plátanos imensos e, do lado, viam aquilo que deviam ter sido outrora os estábulos. Ao pé de um dos plátanos, Heitor percebeu um altar com frutas e incensos oferecidos à estátua de Buda. Uma porta abriu-se e Not surgiu, toda sorridente, seguida por dois chinesinhos meio efeminados.
— Meus colaboradores — exclamou o professor Pelicano.
Os dois jovens chineses cumprimentaram Heitor. Um tinha os cabelos despenteados e eriçados como se tivesse saído da cama naquela hora, mas era de propósito, e o outro usava óculos lilás e um brinco brilhante na orelha.
— *Nice to meet you. Professor Pelicano is very good* — disseram a Heitor.
— Chega de cumprimentos, vamos visitar o laboratório — disse Chester.
Heitor soube que não ia se entediar nem um pouco.

Clara conhece Vayla

Outra que não se entediava nadinha era Clara. Foi direto ao hotel de Heitor, que ela já sabia qual era pois Gunther lhe tinha dado o nome e o endereço.

Entrou no saguão, que parecia um palácio indiano, cheio de divãs confortáveis e belíssimos. Pensou que um deles faria um lindo efeito no consultório de Heitor, mas logo se deu conta da impropriedade de seu pensamento. Decidiu esperar por Heitor num daqueles esplêndidos canapés.

Essa era a história que Clara contava a si mesma: fora ao hotel esperar por Heitor. Teria sido mais simples, logicamente, telefonar e marcar um encontro com ele, mas, na verdade, Clara só tinha uma obsessão: encontrar aquela bela oriental que vira ao lado de Heitor na TV.

Começou a observar toda aquela gente entrando e saindo do hotel. Homens e mulheres de negócios que se reuniam num dos bares do hall antes de irem para suas reuniões, casais de turistas que voltavam cansados depois de passearem pela cidade a manhã inteira, funcionários em uniformes brancos vagamente indianos e, súbito, vindo da ala das butiques, a charmosa oriental. Clara teve de reconhecer: a moça era mesmo encantadora.

Vayla voltava das compras, carregada de pacotes com os nomes de diferentes butiques de luxo e Clara sentiu uma pequena pontada: Heitor lhe oferecia todos aqueles presentes? Depois, pensou que as despesas deviam cair nas notas de gastos do laboratório. Era Gunther, então, quem pagava as compras da nova amante de Heitor. Não deixava de ser uma espécie de justiça poética.

Vayla sentia-se um pouco cansada e sentou-se com um pequeno movimento gracioso em uma das poltronas do bar do lobby, a alguns metros de Clara, que continuava observando-a.

Clara procurava os defeitos da moça, mas, boa jogadora, teve de reconhecer que não encontrava muitos.

Um garçom aproximou-se de Vayla com um cardápio, perguntando o que ela desejava. Ela pareceu meio sem jeito. O garçom passou do inglês ao chinês e voltou do chinês ao inglês, mas Vayla continuava embaraçada, como alguém que teme dar um passo em falso. Finalmente, ela disse *orange juice* com o tom de quem conhece a expressão de cor. O garçom saiu e Clara martirizou-se.

Essa moça não falava uma palavra de inglês, e como era pouco provável que ela conhecesse a língua de Heitor, que também não entendia nenhuma língua oriental, isso bastava para dar uma idéia do que era a relação entre os dois. Clara sofria. Tentou dizer a si mesma: "afinal é isso, um belo travesseiro, um apoio, o moço está se divertindo com uma mulher que nem é capaz de lhe dizer um ai". Mas ela conhecia Heitor e sabia que isso não era verdade. Heitor não era o tipo de homem capaz de fazer sexo com alguém vezes repetidas sem terminar se implicando no caso. Devia estar ligado a essa moça de uma maneira que não era apenas física. Quem sabe o desejo de ajudá-la, tirá-la de onde a encontrou... Clara percebeu que isso lhe era ainda mais dolorido. Que Heitor experimentasse uma paixão física por uma bela nativa, não era nada agradável de saber, mas a idéia de que ele pudesse ter-se afeiçoado a ela por outras razões, e sobretudo porque tinha vontade de ajudá-la e de protegê-la, eis o que era absolutamente insuportável.

E a senhora, hein, que anda com esse Gunther? Acha mesmo que está em condições de fazer qualquer crítica? Não, evidentemente. Claro que não. A vida é mesmo muito complicada. Clara sentiu-se de repente oprimida pela imensidão daquele hall, por toda aquela gente e, bem perto dela, Vayla sentada em sua imensa poltrona que irradiava sua presença tal uma pedra preciosa apresentada num estojo.

Vayla sentiu-se observada e deu uma olhada na direção de Clara. Quem nasce num país como aquele em que Vayla nasceu, aprende desde a infância a adivinhar muito rapidamente as pessoas, a saber quem é quem, quem lhe fará bem, quem lhe fará mal, pois, nesse tipo de país, a vida de uma criança é muito frágil e pouco protegida.

E ela viu aquela ocidental bonita, mais velha que ela, mas ainda jovem, olhando-a com uma atenção surpreendente.

Vayla não estava à vontade, pois sentia que Clara era uma boa pessoa e, ao mesmo tempo, recebia as ondas de hostilidade que chegavam até ela. Ficou um instante surpresa, esperou o garçom colocar à sua frente um grande copo de suco de laranja onde espelhavam os gelos e depois, súbito, veio-lhe ao espírito a única explicação plausível, tão luminosa quanto as primeiras luzes de uma cidade surgidas na curva de um caminho noturno.

Darling Heitor. Foi com essa expressão que Vayla perguntara a Heitor se havia uma mulher em sua vida. E pelo ar constrangido que ele fez para responder com um *so and so,* ela entendeu que, mesmo assim *so and so,* ele tinha uma mulher num país distante, e ele a amava.

Vayla teve medo. Como poderia rivalizar com essa mulher da pele tão branca, signo incomparável de distinção e beleza, que conhecia um mundo que ela ignorava completamente, que sabia com certeza dirigir um carro e usar um computador e que conhecia Heitor bem melhor que ela? Sabia que Heitor achava-a bonita, mas sem dúvida era porque tinha esquecido a sua namorada branca de neve. Até o filtro de amor do professor Pelicano seria impotente diante da força de tal rival.

Vayla começou a aceitar a derrota. Estava escrito em seu destino encontrar Heitor em seu caminho, sorte inacreditável e maravilhosa. Estava também escrito em seu destino que o levariam para longe dela. Uma lágrima caiu em seu suco de laranja.

HEITOR FAZ CIÊNCIA

Em uma jaula enorme de plexilglas, dezenas de ratinhos copulavam furiosamente. Parecia uma espécie de tapete vibrador feito de pele.
– Veja – disse o professor Pelicano. – Efeito do componente A: muito desejo sexual. Usei um pouco demais na minha primeira preparação.
Heitor lembrou o que dissera o gerente do hotel, referindo-se ao súbito assédio do professor sobre suas funcionárias.
Em outra gaiola, um casal de patos mandarins esfregava amorosamente o bico um do outro.
– Componente B: a afeição. Uma molécula de ocitocina, um pouco modificada, lógico – acrescentou o professor, piscando o olho.
O espetáculo dos patos era enternecedor e, com seus adereços de penachos e plumas multicolores evocavam a Heitor personagens de uma ópera declarando seu belo amor.

— O problema é que eles gostam tanto desses afagos que pararam de comer. Uma dose forte demais no início ou, talvez, ainda não a melhor molécula.

— Mas, se não comem, vão morrer de fome?

— *Amar e morrer, amar a valer, no país que te assemelha*.... De fato, somos obrigados a separá-los de tempos em tempos e aproveitamos para cevá-los.

— Cevá-los?

— Já experimentou o foie gras de pato mandarim? — perguntou o professor, e morreu de rir. Os dois chinezinhos riram também. Devia ser uma de suas piadas prediletas.

— *Professor Pelicano very funny!* — disse Lu, o que tinha os cabelos arrepiados.

— *Very very funny!* — concordou Wee, o que tinha os óculos de lente violeta.

E suas risadas ressoaram sob a abóbada de tijolo. O laboratório estava instalado numa seqüência de porões que tinham pertencido a um antigo comerciante de vinho, do tempo da concessão internacional de Xangai, que fazia o fornecimento de seus clientes em carroças, daí as antigas estrebarias do pátio de entrada.

Heitor tinha observado vários computadores extremamente modernos, alguns até de telas planas, onde se viam moléculas girando permanentemente em torno de si mesmas, computadores que você não tem na sua casa, um aparelho de imagens de ressonância magnética nuclear como ele já tinha visto na universidade do professor Pelicano e, claro, uma animália de muitas espécies que olhavam para você com ar triste em suas jaulas de plexilglas. Tudo parecia ter sido instalado muito recentemente e como Gunther devia ter sustado a conta bancária do professor, Heitor perguntava-se de onde vinha o dinheiro necessário para tudo aquilo, incluído o dinheiro para pagar os jovens chineses e chinesas que trabalhavam em suas telas planas numa daquelas salas.

— Nosso maior problema é conseguir avaliar a duração dos efeitos. Entre os humanos, é difícil traçar a diferença entre o efeito duradouro do produto e o efeito continuado da experiência amorosa inicial. Eu e Not, por exemplo: continuamos a nos amar porque a dose inicial continua agindo em nossos cérebros ou porque habituamo-nos de tal modo, tão maravilhosamente, que já nos sentimos profundamente ligados um ao outro?

— E como sabê-lo?

— Estudando os efeitos do produto sobre os animais que não possuem nossa memória afetiva. Já, já, vou mostrar a você um casal de coelhos...

— Mas, de todo modo, isso é mesmo tão importante? — perguntou Heitor. — Seja o efeito do produto, seja o efeito da convivência, o resultado é o mesmo: um amor duradouro.

— Duradouro? O que sabe a esse respeito? Afinal, nossos pares, o seu e o meu, datam de apenas alguns poucos dias...

Heitor entreviu um luar de esperança. Quem sabe o efeito da pílula diminuiria.

— ... mas posso também dizer a você que deixei na minha universidade, há seis meses, um casal de patos apaixonados, como os que viu há pouco, e me escreveram contando que meus queridinhos ainda se amam ternamente! E olha que era uma molécula incompleta!

Lá se foram as esperanças de Heitor... Ele e Vayla permaneceriam unidos um ao outro por um tempo indefinido. Diante da cara alegrinha do professor, como um moleque contente de ter pregado uma boa peça, Heitor sentiu súbito a raiva crescendo.

– Mas, professor Pelicano, não somos patos! E nossa liberdade, nisso tudo?

– Calma... As pessoas sempre terão a liberdade de...

– O amor não é só uma história de moléculas! E o compromisso, o engajamento? E a escolha de cada um? Não somos coelhos, não somos pandas!

– Mas, acalme-se, por favor, está tudo em ordem!

– O senhor não pode brincar com o amor! O amor é uma coisa séria!

– De fato, nós o levamos muito a sério, doutor Heitor.

Era um chinês grandalhão vestido com um terno elegante quem tinha falado. Chegara silenciosamente e olhava-os sorrindo, ladeado por Wee e por Lu. Parecia mais velho que Heitor, mas mais jovem que o professor, tinha um olhar inteligente por trás de seus finos óculos de titânio e o sorriso de um astro do cinema. Seu terno era tão impecável que pensamos que ele nem ia querer sentar-se. Parecia um homem habituado a ousar quando julgava necessário.

– O doutor Wei – disse o professor Pelicano – o mecenas de todas essas pesquisas!

– Sou apenas um modesto intermediário – disse o doutor Wei franzindo ainda mais seus olhinhos astutos.

HEITOR LEVA UM GOLPE

Heitor voltava a seu hotel, sozinho no banco de trás do carro pilotado pela capitã Lin Zao. Via desfilar os arranha-céus extravagantes de Xangai, na luz enevoada do fim da tarde, mas isso o deixava indiferente. Estava preocupado com a aliança entre o professor Pelicano e o doutor Wei.

– Para nós, o amor é causa de desordem – tinha dito o doutor Wei. – Os jovens, ao invés de construírem uma família ou de fazerem crescer nossa economia, gastam sua energia em inconstâncias e volubilidades, em namoricos, prazer hedonista e individualista. Ou então sofrem terrivelmente por amor e alguns de nossos mais brilhantes estudantes perdem assim a oportunidade de entrarem nas melhores universidades, malbaratando seu futuro e sua contribuição à pátria. E aqueles que se casam, respeitando a opinião de seus pais, como sempre fizemos até uma época recente, agora deram de se perguntar, sobretudo as moças (quem diria?) se devem continuar casadas com alguém por quem não se sentem mais apaixonadas! E tudo isso por culpa da influência da mídia, que lhes enche a cabeça com essas histórias tolas de amor!

Heitor pensou consigo mesmo que esse tormento era bem anterior à invenção da mídia e que se podia encontrar muitos poemas chineses dos séculos passados em que as mulheres lastimam não terem um bom marido e choram seu amor da juventude. Mas não disse nada, pois queria escutar até o fim os argumentos do doutor Wei, homem visivelmente habituado a falar longamente sem ser interrompido.

Lu e Wee escutavam-no com ar de grande respeito, aprovando-o com pequenos gestos da cabeça. Heitor tinha a impressão, porém, de que fingiam. Os dois, aliás, provocavam-lhe uma impressão estranha, que ele não conseguia definir exatamente. O único aspecto alentador daquilo tudo era imaginar a cara de Gunther quando descobrisse que o imenso mercado chinês acabava de lhe passar a perna. Heitor devia enviar um relatório para avisá-lo da catástrofe?

O carro deixou-o diante do hotel e bruscamente ele lembrou-se de que tinha um outro problema para resolver, tão difícil quanto o futuro da China e de Taiwan: Vayla e Clara.

Sentia-se deprimido e pensou que talvez fosse um efeito secundário da pílula. Atravessando a porta giratória da entrada, esbarrou em Luis Felipe.

— Está tudo bem? Você não parece muito em forma.

— Ah, estou meio inquieto.

— Vamos lá, eu contei os meus problemas, fale-me dos seus — disse Luis Felipe levando-o ao bar.

No saguão, Heitor notou em cima de uma mesa de vidro um suco de laranja pela metade e lembrou-se de que era a única bebida que Vayla sabia pedir.

Sentaram-se no bar e como era quase o fim da tarde, isto é, o começo da noite, pediram dois *Singapore Slings* em homenagem ao passeio pelo templo.

— Minha namorada chegou da França — explicou Heitor. — Quer me ver.

— Opa! E o que aconteceu com Vayla?

— Não sei, sem dúvida voltou para o quarto.

— E você, nisso tudo, o que quer?

A pergunta divertiu Heitor. Era o tipo de pergunta que ele faria a seus pacientes. Luis Felipe já tinha consultado algum de seus colegas?

— Não sei. Acho que eu gosto das duas, o que é impossível, claro. Culpa da química...

— Da química? — perguntou Luis Felipe, parecendo muito interessado.

— Claro, da química amorosa. As pequenas moléculas que se agitam em nosso cérebro como ratos copulando... Ou patos enternecidos.

Luis Felipe olhou Heitor com ar inquieto. Nesse instante, um jovem da recepção aproximou-se e entregou um envelope a Heitor. Um bilhete que uma senhora tinha deixado para ele, explicou.

Heitor hesitou um segundo, mas Luis Felipe fez sinal a ele, assentindo. Heitor abriu a carta e começou a lê-la, enquanto Luis Felipe compunha uma mensagem em seu celular.

Vim, vi e fui convencida. Cruzei no saguão com o objeto de teu desejo e tive tempo para observá-la. Você tem bom gosto, isso eu já sabia, ela é bem charmosa. Entendi: você deve ter sido a sorte grande na vida dela, o que cai bem, aliás, porque você sempre gostou desse papel de grande protetor. Sinto, se sou desagradável, mas não consigo evitar uma ponta de ciúme, embora eu não o devesse, depois de ter dito a você que não nos via mais como um casal. Pronto, é isso. Desejo que seja feliz, com ela ou com outra (prefiro que seja com ela, porque eu já comecei a me acostumar com a idéia). Quanto a mim, melhor eu contar logo antes que saiba por outra pessoa, também tenho um homem na minha vida. Já sei todas as porcarias que vai pensar, já conheço essas reflexões misóginas... Tenho uma história com Gunther, mas não pelo motivo que você imagina.

Meu Deus, o amor é complicado, estou infeliz escrevendo esta carta, estou triste de saber que você já está com outra e ao mesmo tempo sei que amo Gunther. Beijo-te, porque não sei por que não o faria. Acho que não vale a pena a gente se ver por um tempo.

Clara

— As coisas não vão bem?

Heitor sentia a raiva crescer dentro dele. Gunther. Gunther e seu sorriso de tubarão. Gunther, que o tinha enviado em missão para descobrir o segredo do amor!

Viu-se em pé, tensíssimo, pronto a ir atrás de Clara até o fim do mundo.

— Aonde você vai?

— Ao Peace Hotel.

— Eu vou junto!

No táxi, Luis Felipe deu o endereço ao motorista, porque, veja só, ele falava também um pouco de chinês.

— Posso saber por que tanto ódio? — perguntou.

— Minha namorada acaba de me informar que está me deixando. Preferiu o patrão.
— Ah, claro...
Lá fora, os prédios de Xangai desfilavam, parecidos com os de Nova York, eu já disse.
— Não quero ser desagradável — disse Luis Felipe —, mas você não parece assim tão abandonado...
— Química — repetiu Heitor, cansado.
Sentiu-se injusto reduzindo o amor da doce Vayla a pura química. Ele adivinhava-a tão atenta a seus humores e a suas tristezas, ficava tão feliz ao vê-lo e riam e divertiam-se um com o outro com tão poucas palavras em comum. Mas, como saber? Como estava se sentindo muito mal e na psiquiatria ensinam que falar alivia a dor, ele contou a Luis Felipe as últimas incertezas de sua relação com Clara. Luis Felipe escutava-o, a testa franzida, o ar concentrado.
— Mas, então, o que vamos fazer no Peace Hotel?
— Encontrar Clara — disse Heitor.
Luis Felipe hesitou um momento.
— Escute, vista a situação, não acho que seja uma boa idéia.
— Ela está me enganando com o chefe!
— Sim, claro, eu sei. Mas, digamos que ela primeiro passou a gostar menos de você e depois começou a amar outro homem.
— Ela me traiu.
— E você?
— Não é a mesma coisa. Foi ela quem disse que as coisas não iam bem entre nós, que não via futuro para nós.
— Certo, mas o que vai ganhar vendo-a, ainda mais nesse estado?

— Ela veio a Xangai. Deve ser para me ver!
— Pode ser, mas, se eu fosse você, eu daria um tempo até ficar mais calmo.

Heitor pensou que Luis Felipe desempenhava agora o papel que de hábito era o seu: ajudar as pessoas a acalmarem suas emoções. Mas Heitor já se acalmara, via a situação no conjunto e, no fundo, essa era uma verdade: Clara passou a amá-lo menos e então amou outro. É possível, sim, odiar alguém por isso (alguns chegam ao crime e o próprio Heitor sentia-se bem posto para escrever algo doído sobre o terceiro componente do sofrimento amoroso: o ódio!) Mas, como o amor é involuntário, seria mesmo justo querer punir as pessoas por um sentimento que não dominam? Em todo caso, pensou no momento em que o táxi os deixava na frente do Peace Hotel, a carta de Clara livrara-o do segundo componente do mal-de-amor: a culpa.

— Vá lá, vou atrás de você — disse Luis Felipe, contando o dinheiro que entregava ao motorista.

Heitor atravessou a porta giratória pela qual tantas celebridades passaram há muito tempo. Duas senhoras chinesas cobertas de jóias saíram, graças ao mesmo movimento da porta que permitia que ele entrasse. Ele pensou:

Florzinha número 23: o amor é como uma porta giratória, onde sempre volteamos sem nunca conseguir encontrar-nos.

Heitor e Clara ainda se amam?

B rava caçadora no meio da floresta, protegida atrás de uma poltrona enorme forrada de um tecido sedoso com a estampa de uns tigres em posição de ataque, Vayla viu Heitor entrando no saguão do Peace Hotel. Ele se dirigiu ao balcão da recepção e perguntou alguma coisa a um dos funcionários que, visivelmente, não entendia sua pronúncia.
Vayla, porém, já tinha entendido. Ela tinha seguido Clara até o hotel, tomada do dúbio desejo de saber algo mais a respeito dessa criatura ameaçadora e de se martirizar com as superioridades da rival.

Tinha visto Clara tomar o elevador e preparava-se para sentir uma das maiores dores de sua vida: ver Heitor ir a seu encontro no quarto.

Nesse instante, Clara chegou ao saguão, seguida por um carregador que empurrava sua mala em um carrinho.

Clara e Heitor viram-se ao mesmo tempo. Heitor deu três passos em sua direção, mas Clara escondeu o rosto com uma mão e, com a outra, fez um gesto para que ele não se aproximasse. Vayla entendeu imediatamente que este não era um gesto autoritário, mais parecia implorar por piedade, como se falar com Heitor só pudesse lhe trazer uma dor ainda mais profunda. Heitor ficou imobilizado, enquanto Clara, curvada sob o peso do sofrimento e da amargura, mal retendo as lágrimas, dirigia-se para a porta. Vayla continuou a ler as emoções estampadas no rosto de Heitor, ali imóvel, parado no meio daquele salão, e reconheceu de fato a pena, mas também o ódio, e também uma saudade enorme. Não se deu conta de que, em seu próprio rosto, eram legíveis as mesmas emoções, que passavam como nuvens sombrias.

Finalmente, Heitor pareceu recompor-se e alcançou Clara. Levou-a a sentar-se em um dos sofás, não longe de Vayla, que continuava oculta e ao abrigo de seus olhares. Heitor e Clara ficaram algum tempo em silêncio. Clara enxugava as lágrimas.

– Há quanto tempo? – perguntou Heitor.

Clara deu de ombros, como se esta fosse uma pergunta sem importância.

– Um mês, três meses, seis meses?

Clara fez menção de se levantar e Heitor entendeu que ia por um mau caminho.

– Está certo, vou precisar me virar sozinho com isso também. A dúvida. Mas, só uma coisa: quando fomos aquele final de semana para a casa dos seus pais, essa história com o suíço já tinha começado?

Clara sentiu um instante de revolta.
– Claro que não!
Heitor via as lágrimas que continuavam a correr por esse rosto que ele tanto amava. O amor é verdadeiramente terrível. Como é que duas pessoas que tinham se amado, e que talvez ainda se amassem, podiam infligir uma à outra tamanho sofrimento?
– Por que veio a Xangai?
Clara deu de novo de ombros, mas dessa vez rindo de si mesma.
– Preciso ir – disse ela. – Meu avião...
– Ele podia pelo menos emprestar o jatinho da empresa – disse Heitor.
Sentiu-se um crápula, dizendo isso, mas era tarde demais.
Estava dividido entre a vontade de tomar Clara nos braços e a idéia de que não se toma nos braços uma mulher que engana você.
Então, ele olhou-a levantar-se, atravessar o hall e desaparecer lá fora, e seu coração partiu-se ao meio.

Luis Felipe observara a cena toda, Clara, Heitor e Vayla, e saiu prudentemente por outra porta para esperar o amigo na frente do hotel. Chegou bem no momento em que o táxi de Clara dava a partida. Sabia que Vayla continuaria ali naquele canto, atrás da poltrona, enquanto Heitor não voltasse ao hotel. Luis Felipe conhecia a mulher oriental. Esse era, aliás, um de seus problemas: sua mulher bem que desconfiava desse seu conhecimento.

No táxi, ele disse a Heitor:

— Afinal, as coisas não são assim terríveis. Vou terminar achando que você reclama de barriga cheia.

— Ela ama outro homem!

— Hum, hum... Sei, sei... Ela veio a Xangai e, mal vê você, as lágrimas correm...

— O que significa que ela ainda se sente ligada a mim, mas não que me ame de verdade.

— Amar de verdade? E estar ligado a alguém não é amor?

Heitor explicou a Luis Felipe o ponto de vista do professor Pelicano a respeito dos dois componentes do amor (Heitor achava que havia ainda outros, mas como ainda não tinha clareza da coisa, não se estendeu). Primeiro elemento: o desejo, a paixão, a vontade de sexo, a dopamina à solta. O primeiro componente podia manifestar-se desde o primeiro encontro (e desaparecer, aliás, já no segundo). O segundo componente, que levava quase sempre mais tempo para se construir, variando de algumas horas a alguns dias, era o afeto, o sentimento de ternura, a vontade de ter a pessoa sempre por perto, uma emoção mais profunda, mas também mais calma, sem dúvida parecida com o sentimento que se desenvolve entre pais e filhos, o doce sabor da ocitocina. E um dos grandes problemas do amor é que os dois componentes muitas vezes não se punham em sincronia, era um ou outro, ou então os dois ao mesmo tempo mas com pessoas diferentes e era aí que entrava o professor Pelicano com suas pílulas. (mas, isso ele não disse a Luis Felipe. Heitor cumpria uma missão secreta, não se esqueça.) Só de dar todas essas explicações, Heitor sentiu-se mais tranqüilo: evitava que pensasse nas lágrimas de Clara.

— Veja — disse Luis Felipe —, é um pouco o que aconteceu com minha mulher. Muito afeto, mas menos desejo. E, nas minhas viagens, acontece exatamente o inverso!

— Como vai sua intérprete, Li?

Luis Felipe pareceu incomodado. Resmungou:

— Nunca se deve misturar trabalho com histórias de amor.

— Quando a gente faz a frase, é porque já está um pouco misturado, não?

Luis Felipe deu uma risada e Heitor soube que ele tinha uma queda por sua interprete. Quando um homem se atrapalha falando de uma mulher, é sinal de que está apaixonado. Porque os homens, os homens do tipo antigo, como Luis Felipe, sentem que o amor pode enfraquecê-los. Claro, desde criança aprenderam que devem ser fortes.

Mais tarde, um pouco mais calmo, Heitor achou que podia escrever sobre o assunto, mas bastava pensar na palavra "Gunther" que um ódio profundo manifestava-se impetuoso e atrapalhava sua inspiração.

HEITOR SENTE O ÓDIO

O terceiro componente do mal-de-amor.

Esse terceiro componente é o ódio. Ao contrário do segundo, em que nos culpamos por ter cometido todos os erros que afastaram de nós o ser amado, dessa vez é o objeto de nosso amor quem é acusado de se ter conduzido indignamente para conosco. Aquela (ou aquele) que nos abandonou, não nos aparece mais como imbuída(o) de uma graça e de uma bondade infinitas mas, ao contrário, como um ser perverso, fútil, ingrato, um safado(a) em suma, ou um cretino de primeira, que gostaríamos ainda de rever, não para declarar nosso eterno e apaixonado amor e nosso sincero arrependimento, mas para destruí-lo com toda a flama de nosso mais violento ódio.

O terceiro componente manifesta-se, então, sob a forma de acessos torturantes de um ódio recalcado, acessos súbitos de lembranças de todas as falhas manifestadas pelo ex-amado, mais frequentemente nas últimas semanas de sua presença ao nosso lado. Deixou-nos sem notícia vários dias, embora as tenha prometido. Antes de nos abandonar em definitivo, diversos indícios, notados retrospectivamente, permitem pensar que já freqüentava nosso(a) rival há muito tempo, tempo esse, aliás, que vamos querer descobrir com exatidão, com a mesma dedicação de um paleontólogo em busca de datar uma mandíbula de dinossauro. Pouco antes de desaparecer, o ex-amado garantira amor eterno, o crápula. Se mentiu e era pouco sincero, ou se era dúplice, pouco importa: o ser amado revela-se então um ser completamente inconseqüente, inconstante e irresponsável.

O ressentimento, profundo, atinge tal intensidade que quase beiramos a loucura: falamos sozinhos, admoestando o ser amado como se ele estivesse presente; imaginamos que se arrependerá, que terá medo, ou que vai chorar, sob o efeito de nossa justíssima cólera. Um passo adiante e chegamos ao estágio seguinte: deixaremos mensagens acusadoras em todas as secretárias e aparelhos do ser amado, escreveremos cartas longuíssimas onde expressamos nosso ódio com palavras escolhidas a dedo para lhe infligir um sofrimento igual ou superior ao nosso.

Heitor parou de escrever. Como Clara pôde lhe fazer uma coisa dessas? Estar com ele todas as noites, *dormir* com ele, enquanto tinha um caso com Gunther! Veio-lhe à mente algumas frases vingativas, que dirigiria a ela. Heitor, porém, se conteve: não enviou nenhum e-mail a Clara. Heitor é psiquiatra e sabia mais que ninguém que escrever sob o ímpeto da emoção não costuma dar muito certo. Continuou a tratar do terceiro elemento do mal-de-amor.

Essas tentativas de represálias são grandemente desaconselhadas, pois, mal enviada a mensagem, postada a longa e vingativa carta, podemos, subitamente, ser acometidos do retorno do segundo componente – aquela ruminação culposa sobre nossos próprios erros passados – e ainda mais violento porque tomamos subitamente consciência de que cometemos um ato irreparável que tornará impossível o retorno do ser amado, esperança que nunca morre, apesar de todos os indícios em contrário.

Escrever acalmara Heitor. Sentia que ainda faltavam alguns elementos a tratar, mas, quantos, e quais?

Pensou no velho Arthur. Ele, que tão bem expressara o sofrimento amoroso, devia interessar-se pelas reflexões de Heitor. Devia ter uma opinião clara a esse respeito. Heitor conectou-se à internet para lhe enviar os textos que escrevera sobre os três primeiros componentes do mal-de-amor.

Ainda estava no computador quando Vayla entrou e veio passar os braços em volta de seu pescoço.

– *Noblem?* – perguntou ela mexendo em seu cabelo.

– *Noblem* – respondeu Heitor.

Olharam-se e, de repente, sem saberem por que, desataram a rir. Heitor teve um instante de surpresa: parecia ter visto uma lágrima no canto do olho de Vayla.

Heitor acalma-se

Mais tarde, vogavam nas nuvens. Estavam num avião. Vayla queixava-se de não poder dormir encostada no ombro de Heitor, como gostava, porque as poltronas eram muito separadas umas das outras e você já entendeu que Heitor, às expensas de Gunther, não tinha economizado no preço das passagens.

Como a poltrona podia reclinar completamente para formar uma cama de verdade, Vayla conseguiu dormir, retomando no sono a pose que Heitor tanto gostava. Uma *apsara* voando pelo céu, pensou.

Sabia que Vayla, como a maioria dos habitantes de seu país, tinha passado sua infância dividindo um único cômodo com a família inteira. Nunca dormiu sozinha, sempre havia alguém a seu lado. Sabia também que em seu próprio país os psiquiatras falavam muito de um grande choque que podem sofrer as crianças quando súbito descobrem que seus pais têm relações sexuais. Mas o que aconteceria, se estivessem acostumados a viver, desde pequenos, sempre no mesmo quarto? Ficariam traumatizadas para o resto da vida? Quer dizer que no mundo havia milhares de crianças traumatizadas para sempre? E se fosse o contrário, pensou, e se fossem as pessoas de países iguais ao seu que sofressem o trauma de terem sido deixadas, ainda pequeninas e frágeis, sozinhas em um quarto grande demais para elas? Na natureza, entre todas as espécies, o normal é que o bebê fique sempre junto com a mãe. Mas como foram os países iguais ao seu que inventaram os psiquiatras, eram eles, evidentemente, quem decidiam o que era normal e o que não era.

Algumas poltronas atrás deles (três, na verdade, porque nessa parte do avião não há muitas poltronas), ele sabia que Luis Felipe conversava com Not. Veja que surpresa: eles estavam voltando para o país de Vayla e de Not, onde já se encontrava o professor. E era muito melhor todo mundo viajar junto, na mesma classe, muito mais simpático, ainda mais imaginando a cara de Gunther quando tivesse de justificar as despesas da missão junto ao chefão ainda mais chefe que ele. Pois até Gunther tinha um chefe, o que chamam de acionistas, e que pode ser bem chato, não vá você pensar que a vida dos chefes seja um paraíso eterno. Para muitos, a felicidade depende de comparações e esses chefes viviam comparando-se uns aos outros, comparando quanto ganhavam, comparando o tamanho de suas empresas, comparando seus sucessos e suas conquistas, um pouco como os meninos que brincam de saber quem lança uma pedra mais longe ou quem tem o pipi maior.

Heitor olhou o recado do professor que Not tinha vindo lhe trazer.

Caro amigo,
Vamos fugir, descobriram tudo! Depois eu conto mais detalhes, mas parece que o Dr. Wei atraiu outros associados e novos parceiros chineses apareceram. Mas eu não aprecio a companhia de gente que quer impor seus caminhos à minha pesquisa e que exibem seus relógios e seus dentes de ouro (além de seus guarda-costas que vêem ocupar com sua massa bruta meu exíguo laboratório). Quanto aos dois jovens, Wu e Lee, o jogo deles me pareceu pouco claro, tenho inclusive dúvidas sobre sua nacionalidade e, ouso dizê-lo, também sobre seu sexo. Não, não pense que fiquei paranóico... Sempre fui... Há há há! Em todo caso, tal disposição de espírito deixou-me preparado para certos procedimentos. Posso esvaziar muito rapidamente meus discos rígidos e desativar amostras moleculares numa piscadela. Pronto, epa, o professor Pelicano sumiu do mapa e não deixou como traço de sua passagem senão um enorme bordel de ratos e um casal de mandarins enamorados. Para onde fui, deixo aos cuidados da divina Not transmiti-lo à sublimíssima Vayla. Eis um meio de comunicação tão secreto quanto o mais protegido dos serviços secretos, duas apsaras *sussurrando informações no ouvido uma da outra. Basta deixar que elas guiem você!*
Seu,

Chester

P.S. Os novos parceiros de Wei me parecem gente muito obstinada (a verdadeira estupidez persistente do touro). Tome cuidado para não ser seguido por ninguém.

Essas últimas palavras fizeram com que Heitor propusesse a Luis Felipe que os acompanhasse. O convite era perfeito, porque Luis Felipe precisava, justamente, voltar ao país khmer para cuidar dos seus negócios (por que não dizemos ao "Cambodja", de vez? Ora, porque isso é um conto e, num conto, os países não têm nome, salvo os impérios milenares que sempre nos fizeram sonhar, como a China).

Heitor não conseguia dormir. Pensava o tempo inteiro em Clara. Passava sucessiva ou simultaneamente pelos três primeiros componentes do mal-de-amor – a saudade, a culpa, o ódio. Acalmava a saudade que sentia, olhando Vayla; apaziguava sua culpa, pensando em Gunther; controlava o ódio, lembrando-se de Clara e de seus próprios erros e faltas. E temperava o todo com algumas taças de champanhe *millesimé*.

Todos esses componentes do sofrimento amoroso – e mais outros que sentia, embora não soubesse explicar – davam-lhe, por um lado, um pouco de medo e, por outro, a imensa alegria de ter escrito algumas páginas sublimes e sem dúvida imortais, que os apaixonados ainda leriam quando ele não fosse mais que o pó do pó.

GUNTHER AMA CLARA

Agora, era a vez de Gunther experimentar a saudade e o ódio, esperando pela volta de Clara. (E a culpa, você perguntou? Ah, não, culpa, não, nunca. Gunther conhecia o senso do dever – com sua família e com seus amigos – e sabia evitar os aborrecimentos – com os acionistas e com o fisco –, mas culpa, não, não conhecia. Não era de seu feitio.)

Além do mais, Gunther temia que Clara confessasse a Heitor a ligação entre eles e, nesse caso, a motivação de Heitor para procurar o professor Pelicano estaria gravemente comprometida e seus projetos sofreriam bastante com isso.

"O que ele está aprontando?", perguntava Gunther, observando o aparecimento súbito de gastos consideráveis nos extratos do cartão de crédito confiado a Heitor, extratos que permitiam acompanhar suas andanças, verificadas e confirmadas também por outras fontes. Essas despesas não eram do agrado de Gunther, não pelas somas em si mesmas, derrisórias se comparadas com o que ele tinha o hábito de manipular, mas porque eram imprevistas e Gunther sempre teve uma forte propensão ao controle e ao cálculo previsível. Apesar de sua irritação passageira, Gunther não perdia jamais de vista os imensos lucros que produziria uma molécula capaz de tornar as pessoas apaixonadas quando quisessem e por quem quisessem e pelo tempo que quisessem.

Manter em mira seus objetivos era útil a Gunther. Ajudava-o a não sofrer muito pensando demais em Clara. E ele fazia uma triste constatação: agora que tinha se apaixonado de verdade por uma mulher, era punido. Até então suas aventuras e suas histórias funcionavam como um saudável divertimento que o ajudava a suportar melhor as dificuldades de sua vida familiar. Gunther gostava de sua mulher. O professor Pelicano teria dito que se tratava, sobretudo, de afeto pela mãe de sua filha e também de um certo senso do dever: Gunther vinha de uma família tradicional onde os homens nem sempre são fiéis, mas nunca se separam de suas mulheres. Que horror, dirão algumas. Que hipocrisia, que infinita covardia dos homens! Mas, se Gunther tivesse abandonado mulher e filha para viver com uma de suas belas e jovens amantes, você teria achado isso admirável e corajoso? Veja como o amor é complicado. Claro, o ideal seria que Gunther fosse mesmo fiel à mulher, mas, aí, essa história não teria tanto interesse. Além do mais, grandes chefes absolutamente fiéis a suas mulheres, até que se acha, mas é preciso procurar muito.

Nos extratos do cartão de crédito de Heitor, Gunther notou o débito de uma quantia significativa junto a uma companhia aérea asiática reputada por seu conforto. "Viaja com a família inteira, ou o quê " perguntou-se. O que deixava Gunther ainda mais enervado era que, no âmbito de uma política de controle dos custos, os mais altos executivos da sua empresa deviam viajar em *business class* e não mais em primeira classe, e era óbvio que Heitor não só viajava, ele próprio, em primeira, mas que ainda por cima *convidava* outras pessoas a viajarem em primeira classe às suas custas.
Seu celular tocou. Era Clara.
— Está ligando de Xangai?
— Do aeroporto.
— Você o viu?
— Vi.
— Contou algo a nosso respeito?
— É um interrogatório?
Como Heitor, Gunther percebeu que ia pelo mau caminho. Essa é uma forte tendência dos homens: fazem perguntas muito precisas, querem saber os fatos, ao passo que as mulheres têm o sentimento de que a verdade está muitas vezes bem além dos fatos.
— Desculpe — disse ele —, fico desesperado quando você está longe de mim. Sinto terrivelmente sua falta.
— Eu também — disse Clara.
Embora conversassem assim carinhosamente, Gunther sentia que Clara estava perturbada. Aquele não era seu jeito habitual de falar. Ela contou tudo a ele, pensou. Ela contou tudo a ele.

Enquanto falava com Clara, Gunther percorria sua agenda, verificando todas as reuniões que poderia desmarcar. Precisava ir à Ásia. Era urgente.
— Não viaje — disse. — Estou indo para aí.

Heitor e as fadinhas da montanha

Peeep! Peeep!
Um grito surdo vinha da floresta.
– É um macaco? – perguntou Heitor.
– Não, um tigre – respondeu Luis Felipe. – Em caça.
Decidiram que era melhor voltar ao carro, um 4X4 que tinham alugado por um preço absurdo. Vayla e Not tinham ficaram sentadas no banco de trás, sabiam que estavam numa região de tigres, pois aquela era a região delas!
– Esse seu amigo professor não faz nada simples – disse Luis Felipe. – Ir se enfiar na montanha, num lugarejo de minorias. Nos últimos quilômetros, nem sei se vamos poder continuar com o carro...
– E os tigres? – perguntou Heitor.
– Ah, nessa altitude, haverá menos.
Menos. Isso lembrou a Heitor um dia em que ele quis entrar num mar tropical. Tinha perguntado ao amigo que o acompanhava se havia tubarões. "Pratica-

mente nunca", tinha respondido o amigo. Heitor entrou, mas não por muito tempo.

De todo modo, tinha notado o estojo com um fuzil na bagagem do previdente Luis Felipe, bem como uma maleta com um telefone por satélite e uma parabólica, o que lhe permitiria manter-se a par de seus negócios e conectar-se à internet. Heitor pensou que ele poderia talvez enviar uma mensagem a Clara assim que chegassem, mas, o que diria a ela?

A estrada não era muito boa, e nem era bem uma estrada, mas um atalho, e por momentos nem mesmo um atalho era, mas uma picada. A selva ficou para trás e a floresta começava a abrir-se, mais parecida com uma floresta do país de Heitor, embora as árvores fossem muito diferentes.

No banco de trás, Vayla e Not conversavam alegremente. Era a primeira vez na vida que faziam turismo em seu próprio país e elas pareciam estar se divertindo.

– Você parece mais calmo – disse Luis Felipe.

Heitor deu de ombros.

– Quando os problemas não têm solução, nem vale a pena tentar encontrar uma.

Luis Felipe riu.

– Cuidado, hein? Está começando a incorporar a mentalidade local. Se isso continua, vai terminar ficando por aqui.

Heitor olhou as colinas cobertas de árvores, algumas com seus flancos verdejantes encobertos pela bruma matinal. Ficar aqui, por que não? Estabelecer-se numa dessas casinhas de madeira sobre pilotis que tinham visto na estrada, com Vayla...

Mas ele sabia que nem Vayla apreciaria tal projeto. Como todas as mulheres do mundo, ou quase, ela preferia a cidade ao campo.

— Meu Deus! Já devíamos ter chegado há muito tempo — disse Luis Felipe.

Rodavam acompanhando uma colina desnuda, quase uma pequena montanha. Percebiam a floresta do outro lado mas, fora isso, mais nada, salvo pequenos arrozais dispostos aqui e ali nas planícies, como ornamentos numa paisagem já magnífica.

Luis Felipe voltou-se para mostrar o mapa a Not e a Vayla. Vendo as duas entreolharam-se em pânico, entendeu que elas não sabiam se localizar num mapa, no que não eram muito diferentes de Clara, pensou Heitor. Luis Felipe entendia um pouquinho de khmer.

— Elas dizem que o que pode complicar as coisas é que esse tipo de vilarejo muda de lugar de tempos em tempos.

— Como assim?

— O plantio, aqui, depende das queimadas. Então, a terra se gasta e é preciso mudar de zona, ou as plantações de arroz não produzem mais nada. Ou por causa da má sorte, para agradar aos deuses. Ou por causa dos tigres...

— Mas se há arrozais, quer dizer que não devem estar muito longe.

Luis Felipe deu de ombros, como quem diz "aqui nunca se sabe", e era um pouco verdade, pois nem sabiam em que país exatamente estavam. Essa região ficava na fronteira de três países que tinham sido colonizados antigamente pelo país de Heitor e quando seus compatriotas partiram (foram um pouco forçados, diga-se), levaram consigo os traçados exatos das fronteiras nas montanhas, e como não havia tantas balizas naturais de localização, nem altos cumes nem grandes rios, apenas algumas aldeias mudando de lugar, os três países hoje questionavam o traçado dessas fronteiras. E nem queriam muito resolvê-las.

Uma hora antes, tinham encontrado uma pequena patrulha de soldados de um desses países. Pediram seus documentos. Heitor notou que o passaporte de Luis Felipe foi mais gordo para as mãos dos policiais do que voltou quando o devolveram. Partiram sem maiores dificuldades, olhando pelo retrovisor os soldados dando pulos de alegria. Luis Felipe explicou que esse procedimento funcionava perfeitamente com os soldados de um dos três países, mas não com os outros. Nesse caso, ele tinha trazido alguns papéis oficiais. Essa era a vantagem de seus negócios: Luis Felipe conhecia um bocado de gente.

Tudo isso ia distraindo Heitor e evitava que ele pensasse no quarto e no quinto componentes do mal-de-amor: doía só de pensar que ele passaria o resto de sua vida sem Clara. Acometiam-no aos poucos, pensamentos avassaladores, mas ele conseguia fazê-los desaparecer olhando para Vayla, adormecida no ombro de Not, que também dormia. Nunca em sua vida tinha encontrado uma mulher cuja visão pudesse lhe acalmar tanto. Devia ser, sem dúvida, o efeito da molécula de ocitocina que o professor Pelicano tinha manipulado. Será que, tomando uma nova dose, ele não se curaria de Clara? Mas, então, ficaria ainda mais comprometido com Vayla.

Compromisso, veja só, eis uma palavra que o professor Pelicano nunca usava quando falava do amor.

Viram três pequenas silhuetas caminhando ao longo da estrada. Surpresa! Eram três meninas, já quase moças, e elas pararam ao vê-los aproximar-se. Usavam túnicas bordadas de flores de cores poéticas e pequenos chapeuzinhos de um vermelho vivo absolutamente magnífico. Andavam descalças no pó da estrada, mas pareciam tão elegantes como se estivessem num desfile de moda. Dava para adivinhar pela expressão de seus rostos que estavam surpresas de verem chegar um carro cheio de pessoas desconhecidas. Vendo as meninas, Vayla e Not alegraram-se imensamente. Luis Felipe parou o carro e deixou que pedissem ajuda a suas jovens compatriotas. Não eram bem compatriotas, porque ficou claro que não falavam a mesma língua. Na véspera, Heitor lera num guia que os Gna-Doas, tribo à qual pertenciam visivelmente essas três fadinhas da montanha, falavam uma língua que só eles conheciam e que derivava do tibetano superior, país de onde se originavam e de onde vieram, expulsos pelo frio e por outras tribos menos simpáticas.

Por fim, Vayla e Not fizeram as três fadinhas subirem no carro, para a alegria das meninas, que riam e gorjeavam feito dois passarinhos coloridos.

Mais um momento de felicidade, pensou Heitor.

A maiorzinha guiava Luis Felipe, dando uns tapinhas em seu ombro. Tão jovem, mas já tinha o senso de autoridade.

– Se minha mulher me deixar mesmo – disse Luis Felipe –, vou me instalar aqui, cuidar do transporte na região, montar uma enfermaria e casar com uma moça do pedaço. Fim dos aborrecimentos.

Heitor compreendia o amigo. Viver aquele instante entre as montanhas permitia tomar distância de seu mundo. Algo parecido com o sentimento que a gente tem quando vai ao campo, mas multiplicado por mil. Heitor sabia, porém, que esse tipo de sensação pode ser ilusória, e a gente termina com saudades daquilo a que está habituado. Depois, entender-se de modo duradouro com uma moça da região não era mais fácil do que com uma mulher de seu próprio país, pois tudo era uma questão de gente e dessa misteriosa alquimia do amor. A menos, evidentemente, que dispusesse das pílulas do professor Pelicano, essa facilidade terrivelmente tentadora.

As casas surgiram numa curva da estrada, construídas num espaço desmatado no flanco da colina. Heitor viu jovens batendo o arroz e velhos que fumavam cachimbo sentados nas soleiras das portas. Alguns porcos e galinhas vagavam por ali. Ao barulho do motor do carro, todos acorreram.

– *Chester!* – gritou Not.

O professor Pelicano, vestido com uma longa túnica florida, corria rindo ao seu encontro.

Heitor escreve à noite

Tarde da noite, deitado em uma esteira numa daquelas casas sobre pilotis dos Gna-Doas, Heitor escrevia, iluminado só pela luz da tela de seu computador, Vayla dormia, aconchegada junto a ele. Lá fora, era o silêncio, um imenso silêncio.

O quarto componente do mal-de-amor.

O quarto componente é a desvalorização de si mesmo. A partida do ser amado destrói grande parte de nossa própria estima. Pois não está aí a prova de que ninguém se interessa por você assim que o conhece de verdade? Depois de algumas semanas, de meses ou de anos a seu lado, era de se supor que o ser amado, pessoa excepcional, terminasse percebendo sua mediocridade, e se desgostando. Você só conseguiu ocultá-la pelo curto tempo de seduzi-lo e, aliás, se o ser amado fosse mais experiente, logo teria notado. Agora que ele(ela) se foi, todas as suas deficiências e *inferioridades, que você bem conhece – físicas, morais, intelectuais, sociais –, e que tinha conseguido esquecer ou relativizar, parecem-lhe agora fragilidades terríveis e intransponíveis.*

Heitor parou de escrever. Não conseguia deixar de pensar em Gunther e as diferenças entre ele e o grande executivo soavam como imensas desvantagens suas. Já tinha observado essa reação, comum entre as pessoas rejeitadas, com uma pequena variante: as mulheres, em geral, ficavam obcecadas pelo aspecto físico de suas rivais (mesmo que as comparações fossem indevidas), ao passo que os homens pensavam mais no status ou na genialidade daquele batalhador todo-poderoso que lhes tinha usurpado a amada (mesmo que as comparações fossem impróprias). Seu treino na psiquiatria, porém, lembrava-lhe que o inverso podia ser também verdadeiro: ele próprio atraíra mulheres que não se sentiam mais apaixonadas pelo homem-Gunther que tinham a seu lado e era ele, então, que aparecia como um Gunther-aventureiro vindo perturbar uma relação morna. Mas o dolorido peso que experimentava naquele momento predominava sobre sua razão. E ele não podia ter certeza de seu valor pensando em Vayla, pois sabia que este amor, ainda que sincero, tinha sido despertado por uma molécula modificada. Retomou.

É claro que semelhantes taras condenam a uma solidão definitiva ou a amores de segunda linha que farão você sempre lastimar profundamente a perda do ser amado. (Nesse estágio do sofrimento amoroso, tema os ataques renovados dos primeiro e segundo componentes.) A relação amorosa que viveu não passou de uma grande sorte, indigna de você, que nem soube, inclusive, fazê-la durar, um paraíso no qual foi admitido apenas pela enorme benevolência do ser amado. Você é medíocre, e é esse território que lhe cabe, tal uma foca criada em cativeiro que se crê rainha em sua bacia de água do mar. Mas o encontro com o ser amado levou-o ao alto-mar dos sentimentos, que só aos melhores dos melhores é concedido. O sofrimento asfixiante que hoje sente é a justa expiação de sua completa nulidade e de sua tola pretensão.

Bem, aí ele exagerava um pouco. Não se sentia assim tão nulo. Deu uma cochilada, embalado pelo som confortador da respiração de Vayla a seu lado...

Pep! Pep!

Heitor ficou alerta. A casa que lhes deram ficava numa extremidade da aldeia. Os pilotis bastavam para impedir um tigre de alcançá-la?

Sentiu o assoalho de bambu vibrando debaixo dele, um movimento na escuridão e, bem na hora que ia lançar seu computador naquela direção (o tigre se surpreenderia com essa arma desconhecida?), uma lamparina surgiu e Luis Felipe apareceu, descabelado e sonolento.

– Você escutou?
– Escutei.

Ouviram também alguns rumores de voz humana nas casas em volta.

– Em período de caça abundante, os tigres não chegam perto dos vilarejos – disse Luis Felipe. – Ou então atacam os búfalos.

Longe dali, ouviram os mugidos fracos dos búfalos em seu estábulo escuro.

Luis Felipe sentou-se na beirada da porta aberta para a noite, as pernas pendendo no vazio e Heitor viu que ele carregava um fuzil Gna-Doa, uma velha arma fabricada na forja da aldeia. Dava a impressão de estar feliz.

Heitor ligou de novo seu computador. Escreveu:

Florzinha número 24: para se proteger das feridas do amor, nada melhor que uma missão de verdade.

Heitor encontra seus primos

Uuuuhh-Uuuuh.
Era um grito choroso, quase humano, que vinha da floresta e que punha o professor Pelicano em estado de pura graça.
— São eles! – dizia. – São eles! – segredava com entusiasmo.
Andavam em fila indiana por uma pequena picada que às vezes desaparecia no meio do mato. Na frente, ia Aang-do-braço-comprido, um homem divertido que parecia sempre contente com as expedições, seguido pelo professor Pelicano, Heitor e Luis Felipe, que ainda carregava seu fuzil da noite passada.
Partiram com a aurora, o que, diziam, diminuía o risco de serem atacados pelos tigres. De todo modo, só *raramente* os tigres atacam um grupo de adultos. Um pouco de névoa prendia-se ainda nos lados das montanhas, por vezes iluminadas por traços dourados do sol nascente.

Finalmente, Aang fez sinal de silêncio e eles avançaram cautelosamente, meio agachados. Através de uma cortina de árvores frondosas, Heitor notou uma touceira de plantas alaranjadas e depois distinguiu nitidamente um macaco enorme coçando indolentemente as axilas. Reconheceu a cara despelada, a expressão meditativa e pacífica, o torso e os braços musculosos, as pernas curtas e arqueadas: era o orangotango.

— É a fêmea — sussurrou o professor Pelicano. — Mélisande.

Nesse instante, outro orangotango caiu das árvores, para aterrar com leveza bem do lado de Mélisande, que não prestou atenção nenhuma a ele, olhando à sua volta com ar inquieto. Era só um pouco mais gordo que ela, talvez um tantinho mais musculoso.

— Esse é o macho, Pelléas.

Pelléas aproximou-se de Mélisande, fungando em seu focinho, mas ela virou-se, continuando a se coçar com aquele ar de indiferença de quem está enfadado. Pelléas mudou, então, de tática e começou ele mesmo a coçar suas costas, e logo o olhar de Mélisande iluminou-se. Virando-se para Pelléas por cima do ombro, trocou com ele um pequeno — hum — beijo.

— Observem que Pelléas é pouca coisa maior que Mélisande — sussurrou o professor —, como em todas as espécies monogâmicas. Quanto mais o macho é grande em relação à fêmea, mais a espécie é polígama!

Aang fez sinal de silêncio, mas era tarde demais. Pelléas e Mélisande tinham interrompido seus ternos abraços e olhavam na direção deles com os olhinhos atentos.

— Haou-Haou? — perguntou Pelléas com uma voz cavernosa.

Sem dar resposta, Mélisande lançou-se às árvores e Pelléas levantou-se, ereto. Bateu no peito com seus punhos enormes, soltando um urro e depois, súbito, em dois pulos e três movimentos de braço, desapareceu entre as folhagens atrás de Mélisande.

— Nós os amedrontamos — disse Luis Felipe.

Aang-do-braço-comprido fez um gesto que exprimia uma fuga rápida e depois repetiu várias vezes, rindo: *Khrar!* Era a única palavra gna-doa que Heitor tinha rapidamente aprendido. Queria dizer: tigre.

— São caçados pelos tigres, por isso estão sempre atentos.

— Eis o futuro! — continuou o professor Pelicano. — Um animal muito próximo de nós isso você já sabe, um verdadeiro clichê: os orangotangos têm 98% dos genes em comum com o homem, e completamente monogâmico. Os orangotangos formam casais que ficam juntos para o resto da vida! Deus do céu, é o único macaco católico! — concluiu, morrendo de dar risada.

Aang-do-braço-comprido riu também. O professor Pelicano sempre era *very funny* mesmo para as pessoas que não entendiam sua língua.

— Vejam bem — disse o professor. — Pílulas, hormônios modificados, essas coisas todas, não passam da infância da arte. O futuro está na terapia genética. Encontrar os genes que determinam as estruturas cerebrais do orangotango. Quero dizer, o gene responsável por produzir esse amor duradouro, não os que provocam os *uuuh-uuuh!*

— E se o senhor encontrar esses genes?

— Maravilha! Vou incorporá-los a nosso patrimônio genético e nos transformaremos numa espécie monogâmica e fiel, e nossos filhos também. Hein? Hein? O que me diz disso?

— Muito interessante — disse Luis Felipe. — E tem gente pesquisando isso?

— Esse é um bom lugar para começar — respondeu o professor Pelicano.

— Eu achava que havia mais orangotangos em Sumatra, e não aqui — disse Heitor.

— É verdade, mas lá estão também as agências governamentais, inspetores, Estados, enfim as chateações todas. Aqui, ao contrário, é uma espécie de *no man's land*, ou melhor, a terra dessas pessoas inteligentes e acolhedoras como o bom Aang e seus compatriotas. Vou fazer vir o material e...

Súbito, Aang fez um sinal com a mão e se pôs a escutar a floresta com uma atenção extremada. Todos se calaram. Aang e Luis Felipe apontaram seus fuzis.

As folhagens mexiam-se delicadamente a alguns metros deles. Um animal de grande porte, provavelmente, avançando através da vegetação. Mas o movimento dos galhos dividiu-se. Dois animais menores, então, andando lado a lado.

Depois, ouviram um pequeno grito de dor, nitidamente humano, dessa vez.

— Quem está aí? — perguntou Luis Felipe.

Aang repetiu a mesma coisa em sua língua.

Os movimentos dos galhos cessaram, houve uma pequena agitação nas folhagens, até que apareceram, com chapéu de chuva e roupa camuflada, muito sem jeito, Miko e Shizuru!

Heitor e a etnologia

— Não parece muito forte — disse Heitor.
— Mas, não exagere — disse Luis Felipe.
Heitor agradeceu o chefe da aldeia, Gnar, um homenzinho seco que acabava de mergulhar uma cuia numa jarra de mosto de arroz fermentado antes de oferecê-la a ele com um sorriso.
— *À ta santé* — disse, pois ele conhecia algumas expressões da língua de Heitor, que lhe foram legadas por seu avô, que tinha estado, parece, do lado dos compatriotas de Heitor no tempo em que eles ocuparam os países daquele lado do mundo. Para essa solene ocasião, Gnar usava um velho boné branco, sem viseira, que lhe dava uma aparência majestosa.
À parte isso, tinha um olhar vivo, uma esposa de sua idade e outra mais jovem (a mulher de seu filho falecido, tinha entendido Heitor) e fazia uma voz grossa quando repreendia os mais jovens. Ele e o professor

pareciam ser muito amigos e brindavam com alegria. O professor tinha contado a Heitor que ele presenteara o chefe Gnar com algumas pílulas do composto A. Estavam todos sentados no assoalho de bambu da grande casa comunal construída sobre pilotis, em torno de algumas daquelas jarras de bebida. As mulheres, todas vestidas com túnicas bordadas, mantinham-se sentadas um pouco à distância e conversavam entre si. Pareciam um grande buquê de tecidos floridos. Bebiam nitidamente menos que os homens e pareciam muito interessadas na companhia de Vayla e de Not, a quem tinham emprestado aquelas roupas tradicionais. A noite caia e as crianças também estavam por ali, brincando no canto oposto do cômodo.

Gnar estava cercado por Heitor, Luis Felipe e pelo professor Pelicano, hóspedes de marca, e ainda Miko e Shizuru, que também bebiam a aguardente de arroz. Lá fora, o sol se punha acima das montanhas, numa sinfonia de ouros delicados e de azuis brumosos.

Miko e Shizuru não pareciam muito à vontade no meio dos homens, mas brindavam assim mesmo, dizendo: *Haong-zao-to*, o que quer dizer os melhores votos para o ano, que a colheita seja boa, que os tigres se afastem e que não haja guerra entre os Gna-Doas.

Aang-do-braço-comprido levantou-se e entoou uma canção, que foi acolhida com gritos de alegria, mesmo pelas crianças.

O professor Pelicano debruçou-se para Heitor.

— Não é uma felicidade, a vida por aqui?

— Como é o amor entre eles?

— Têm leis muito complicadas. Espere, não me lembro de tudo.

Virou-se para o chefe Gnar e fez uma pergunta. Gnar sorriu e deu uma resposta comprida.

— Pronto. Aqui, todos se tratam por irmão ou irmã quando têm um ancestral materno comum e normalmente não podem casar-se entre si, salvo se alguns de seus tios uterinos já se casaram com as sobrinhas de seu pai ou, ao rigor, com filhos das cunhadas de seus primos. Não é nada simples, como vê.

— De fato. Precisam de boa memória.

— Mas, fora isso, pode fazer amor com quem quiser, à condição de não ser pego!

E ele morreu de rir.

— E se descobrirem?

— Então, o culpado é obrigado a endividar-se para comprar um búfalo, que é sacrificado para evitar atrair a maldição sobre a aldeia. Mas os deuses só se importam se o caso for descoberto. É disso que eu gosto no direito dos Gna-Doas!

— E os casais ficam juntos?

— Sim.

— Têm algum segredo?

— Ao contrário de outras tribos, aqui não se pratica mais o casamento por rapto, origem de muitas desgraças. Agora, o noivo faz seu pedido, por intermédio do chefe, que negocia com a família da pretendida. O pedido é, ou não, aceito pela família, mas a jovem tem o direito de recusar. E mais: têm um costume bem interessante, a meu ver. Entre o momento em que o pedido é aceito pela família e a cerimônia do casamento, os

noivos podem passar uma noite juntos e ainda assim a noiva tem o direito de recusar as núpcias. Os Gna-Doas sabem da importância do amor físico, sobretudo no inicio da formação de um casal...
— E depois? O amor é duradouro? Conseguem mantê-lo?
A pergunta parecia a Heitor absolutamente capital. Todo mundo, ou quase todo mundo, podia apaixonar-se em um momento ou outro da vida, mas nem todo mundo, para dizer o mínimo, conseguia fazer esse amor durar.
O professor Pelicano mostrou as crianças e os jovens um pouco à distância.
— Aqui, todos vivem juntos, as crianças são criadas em comum, todos participam do trabalho coletivo e os casais têm poucos instantes de intimidade, ao contrário de nós. Um homem e uma mulher que se encontram todos os dias e todas as noites, trancados num apartamentinho, soaria a eles algo completamente maluco! Talvez a maneira de fazer o amor durar seja o casal não ficar muito tempo sozinho.
— Nós não suportaríamos isso – disse Heitor. – Uma certa solidão é importante para nós.
— Porque fomos educados assim, cada um em seu quarto, cada um em sua casa. Mas olhe para eles, disse o professor Pelicano. Mostrava as crianças que, de fato, pareciam bem felizes.
Nesse momento, as mocinhas que tinham encontrado na estrada levantaram-se e se aproximaram, com três meninos da mesma idade. Um deles carregava uma espécie de flauta e uma menina trazia um violino comprido de duas cordas.

O círculo abriu-se para acolhê-los.

Começaram a tocar, no silêncio, e enquanto o som da flauta envolvia docemente as notas delicadas do violino, seus colegas dançavam sorrindo em gestos que pareciam suspensos no ar.

Heitor emocionou-se com essa felicidade calma, que lhe parecia de repente tão simples de ser alcançada. Trocou um olhar com Vayla, que sorriu para ele, e ele soube que, química ou não, os dois amavam-se.

O concerto tinha terminado e todos aplaudiram. Inclinaram-se modestamente e deram mais alguns passos de dança antes de voltarem a seu grupo.

— Não é magnífico? — sussurrou o professor Pelicano. — Tenho colegas etnólogos que dariam a vida para ver isso!

Heitor concordava, mas estava agora interessado em fazer a etnologia da vertente japonesa. De tanto beber daquele mosto de arroz fermentado oferecido pelo chefe, Miko e Shizuru estavam com as maçãs do rosto afogueadas, como duas pequenas gueixas soltas por aí. Para explicar sua presença no país Gna-Doa, disseram que a grande organização de proteção ambiental que as empregava tinham-nas encarregado de examinar o estado dos orangotangos daquela região. Tudo isso não era muito verossímil (nesse tipo de organização, muito raramente as pessoas que se ocupam dos templos em ruína são as mesmas que cuidam dos animais ameaçados de extinção), mas, como na Ásia sempre se preza as boas maneiras, Heitor, Luis Felipe e o professor Pelicano fizeram de conta que acreditavam na história e Miko e Shizuru, retribuindo a gentileza, fizeram de conta que acreditavam que eles acreditavam e eles, polidos, fizeram de conta que acreditavam que elas acreditavam que eles acreditavam, e assim por diante, numa sucessão de delicadezas. Mesmo assim, elas não pareciam muito à vontade.

    Já um pouco tocado pelo álcool, o olhar de Heitor foi atraído por uma pequena pedra de cor violeta cintilando na orelha de Miko. E, súbito, ele lembrou: era a mesma pedra que ele tinha visto em Xangai na orelha do jovem Lu. "O Oriente é mesmo misterioso", pensou Heitor, que já estava meio cansado e não conseguia elaborar nada muito original, mas ele tinha entendido tudo, o que prova que o aguardente de arroz fermentado não tinha alterado substancialmente sua capacidade de raciocinar.

    Um pouco depois, o chefe Gnar deixou o aposento. Voltou com duas garrafas que pareciam bem antigas. Na etiqueta já amarelada pelo tempo, com as bordas comidas por gerações de insetos, distinguia-se um jovem da região sorrindo debaixo de seu chapéu cônico e, acima dele, a inscrição: *Companhia geral de bebidas do Sião e do Tonkin.*

    — *Chum-chum!* — disse Gnar com um grande sorriso.

    — Ai, ai, ai! Isso não vai prestar — sussurrou Luis Felipe.

HEITOR E O SOL LEVANTE

Heitor acordou na madrugada. Do outro lado do cômodo, ouvia o ronco forte de Luis Felipe. Vayla dormia, deitada de perfil, como se experimentasse ainda outra pose para o escultor que a imortalizava em seu sono, talvez num afresco de um templo. O ar estava fresco. Puxou a escada, cuidando para não fazer barulho e desceu com precaução, pois essas escadas gna-doas têm apenas um montante central, e infeliz do desajeitado.

Notou algumas mulheres já trabalhando no arrozal, onde ainda se demoravam os baixios de névoa, e outras tecendo ou bordando sentadas na soleira das portas. Crianças pequenas ocupavam-se em juntar as ramas de arroz. Os homens ainda eram invisíveis. O professor Pelicano tinha explicado que os Gna-Doas só bebiam nos dias de festas tradicionais, mas Heitor tinha entendido que havia muitas delas em seu calendário.

Dirigiu-se para a casa onde dormiam Miko e Shizuru. A escada já estava no lugar e ele subiu silenciosamente. Escutou uma conversa sussurrada baixinho em japonês (ou no que lhe parecia ser o japonês).

Em pé, ao lado de suas mochilas, as duas japonesinhas preparavam visivelmente a fuga. Sobressaltaram-se ao ver Heitor e pareceram ainda mais surpresas quando ele as cumprimentou com os nomes de Lu e Wee. Entreolharam-se. Heitor percebeu que Shizuru, aquela que dizia não falar inglês, lá no templo, era a chefe de Miko.

Heitor pensou que devia deixá-las à vontade e anunciou que estava pronto a contar coisas muito interessantes, mas com uma condição: deviam dizer quem eram realmente. Como ele desconfiava, viram nessa troca grandes benefícios para elas.

Sentaram-se, acocorados (o que, para ele, era muito desconfortável, mas não queria parecer em posição de inferioridade), e ele ouviu o que Shizuru tinha a dizer (que, por fim, falava um inglês de Cambridge; um entendido teria acrescentado: mais particularmente, um inglês do Emmanuel College). Ela explicou que, de fato, era verdade que trabalhavam para uma grande organização não governamental de preservação da natureza. E esta se interessava bastante pelas pesquisas do professor Pelicano, pois seus resultados permitiriam a reprodução assistida de grande número de espécies ameaçadas, ou em cativeiro, como os pandas do zoológico de Xangai. Tanto que tinham escolhido aquele ursinho simpático como logotipo da organização!

Heitor respondeu que isso tudo era muito interessante, mas que, se queriam contar essas historietas para criança, ele saberia contar outras melhores. Aliás, perguntava-se se a espécie ameaçada que mais interessava Miko e Shizuru não seria por acaso o bebê japonês. E acrescentou que quando não lhe diziam a verdade, ele tampouco se sentia na obrigação de dizê-la.

Houve ainda uma pequena concertação silenciosa entre Miko e Shizuru e, dessa vez, foi Miko quem falou: havia algo de verdadeiro nessa história de bebê japonês. A população do Japão envelhecia perigosamente e as jovens japonesas reproduziam cada vez menos japonesinhos, preferindo a maioria continuar solteira, explicou.

— Homme japonês trop macho — interveio Shizuru, que falava um pouco da língua de Heitor. — Mulheres evoluídas! Homme japonês trabalhar trop também, sair sempre entre homens, beber saquê, karaokê, voltar bêbado para casa, nada gentis! Então, mulher japonesa preferir ficar solteira, sair de férias com as amigas! Trabalhar bem, ganhar bem dinheiro, não precisar de homme!

E Heitor pensou que, com efeito, a maioria dos turistas japoneses que visitava seu país era formada por casais de jovens japonesas, assim parecidas com Miko e Shizuru.

Era por isso que o governo nipônico estava tão interessado numa molécula que faria homens e mulheres apaixonaram-se duradouramente, o que faria nascer novas gerações de pequenos nipônicos e de pequenas nipônicas educados na ternura e na felicidade.

Heitor lembrou-se do discurso do Dr. Wei, o chinês importante de Xangai. A pílula do professor Pelicano, longe de ser um filtro de amor destinado à felicidade privada, podia ter conseqüências determinantes sobre o destino de um país e até sobre o futuro da humanidade em geral.

Mas Miko interrompeu suas reflexões. Era a vez de Heitor, agora. O que ele tinha para contar?

Com certa dificuldade no inglês, Heitor começava a explanar os benefícios da ocitocina e da dopamina, quando o rosto inquieto de Vayla apareceu na soleira da porta. Com um passo leve e decidido, subiu a escada e caminhou na direção de Heitor, que acolheu-a num abraço. Ela se deixou cair entre suas pernas, apoiando-se contra ele como a um espaldar.

— Pronto, é isso — resumiu Heitor.

Miko e Shizuru pareciam muito impressionadas.

Entreolharam-se novamente e Shizuru perguntou se seria possível elas mesmas terem uma das pílulas do professor Pelicano, a título de experiência. Heitor ia lhes responder que seria preciso tomá-las na presença de seus respectivos namorados, que deviam fazer o mesmo, mas então ele entendeu que Miko e Shizuru talvez não fossem apenas parceiras de trabalho.

Decididamente, as pesquisas do professor Pelicano interessavam a muita gente.

Heitor descobre uma farsa

Luis Felipe estava acendendo o fogo do lado de fora, diante de um grupo de crianças gnadoas muito interessadas pelo menor de seus gestos.

– Não são umas graças? – perguntou a Heitor.

De fato, com seu ar atento e risonho e aquelas roupas floridas de conto oriental das montanhas, as crianças pareciam puras jóias a serem absolutamente preservadas da publicidade televisiva e das guloseimas industrializadas.

– Você parece de bom humor – disse Heitor.

– Sim, usei o satélite, e pude trocar umas mensagens com minha mulher.

– E aí?

– Foi amável. Está se reconstruindo – disse ela. – Você entende o que isso quer dizer?

– Que ela se constrói como quem constrói uma nova casa para acolher você de novo.

— Excelente! Pelo menos, é o que eu gostaria de acreditar.
— E sua intérprete chinesa?
— No fim, não houve nada entre nós.

Luis Felipe explicou que Li e ele sentiram-se de fato atraídos e até confiaram um ao outro, tomando um copo de chá verde gelado, esse sentimento recíproco, mas, finalmente, acharam mais prudente não pôr em perigo o casamento que cada um tentava restabelecer de seu lado.

— Magnífico! — disse Heitor.
— Talvez — disse Luis Felipe. — Não é fácil, eu sei. Mas tenho a impressão de que me tornei adulto. É a primeira vez na minha vida que renuncio voluntariamente a um caso possível e a uma história amorosa, aliás bem tentadora.

Heitor pensou que essa renúncia sem dúvida era uma das mais belas provas de amor. Mas devia permanecer secreta. Não se deve chegar em casa, anunciando num tom alegre: "querida(o), estive a dois passos de viver uma aventura tórrida, mas como eu amo você de verdade, contive-me no último instante." Pois muita gente acha que o ideal, no amor, seria nem sentir atração por mais ninguém, nem por um segundo. Mas esse amor existe? No fundo, a resistência à tentação não é mais valorosa que não conhecer tentação nenhuma?

Abriu seu caderninho e anotou:

Amar é renunciar.

Vayla aproximara-se e olhava com curiosidade o que escrevia. Heitor sentia que ela morria de vontade de

entender o sentido daquelas anotações todas, como se isso pudesse garantir que ela sempre o entenderia.
— Devo dizer que Vayla pediu para utilizar meu sistema para enviar uma mensagem em khmer a alguém do hotel. Acho que era uma carta para você que ela pediu que traduzissem ao inglês.

Vayla entendeu do que falavam e abriu um sorriso para Heitor como quem está satisfeita com a feliz idéia que teve.

— E por onde andam as japonesas? — perguntou Luis Felipe.

— Iam embora, mas resolveram ficar por aqui mais um pouco.

— São umas turistas muito estranhas — disse Luis Felipe.

— E você, um homem de negócios também muito estranho — respondeu Heitor.

Luis Felipe não reagiu e continuou ocupado com o fogo.

— Quer que eu lhe diga o que elas me contaram? — perguntou Heitor. — Para poder acrescentar a seu relatório para Gunther?

Luis Felipe imobilizou-se. Não respondeu nada. Depois, sorriu.

— Bom, pelo jeito não vale mais a pena brincar de esconde-esconde.

— Não, não vale a pena.

— A única coisa que me incomodaria é que Gunther soubesse que você descobriu a farsa. Posso pedir que não diga nada a ele por enquanto?

— Certo.

Luis Felipe pareceu aliviado e Heitor ficou surpreso. Pensava que um profissional de verdade não teria renunciado tão facilmente à sua farsa, como dizia ele. Diante de Heitor, que não tinha mais que suspeitas, sem prova alguma, Luis Felipe teria podido negar e talvez persuadi-lo de que estava ficando paranóico. Heitor pensou que se Luis Felipe abandonava assim fácil sua falsa cobertura era porque escondia uma outra. Ele não devia trabalhar para Gunther. Heitor pensou na capitã Lin Zao do Exército de Libertação do Povo, no Dr. Wei e nos verdadeiros patrões de Miko e Shizuru. Essa história toda não estava indo longe demais para um pobre psiquiatra em pleno tormento amoroso?

Not chegou nesse instante. Parecia muito inquieta.

— *Chester? Pelikan?*

Atrás dela, vinham Gnar, o chefe, e Aang-do-braço-comprido, igualmente inquietos. O professor Pelicano tinha sumido.

O PROFESSOR E O ORANGOTANGO

— Sabe — sussurrou Luis Felipe —, minha função era vigiar você, não exatamente mantê-los informados. Você, afinal, é quem devia entregar os relatórios...

Caminhavam os dois pela floresta, acompanhados por uma linha de batedores formada por todos os homens da aldeia. Temiam que o professor Pelicano tivesse se perdido indo observar os orangotangos.

— Espero que não tenha topado com um tigre — disse Luis Felipe.

— Acho que até um tigre ficaria desconcertado com ele.

Estranho. A revelação do verdadeiro papel de Luis Felipe provocou em Heitor ainda mais simpatia. Seria talvez o fato de terem compartilhado tantas histórias, a mina no templo, as preocupações com suas respectivas companheiras, que soldou entre eles uma espécie de sólido elo? E qual seria a última missão de Luis Felipe?

Seqüestrar o professor e conduzi-lo a um interrogatório secreto de secretíssimos serviços secretos? Confiscar as amostras das moléculas e todo o conteúdo de seu disco rígido? Essa missão parecia-lhe agora secundária. A única coisa com que se importava era obter uma dose do antídoto. Mas, com qual objetivo, afinal das contas? Absorver o antídoto com Vayla? E se ele o usasse, ao contrário, com Clara? O antídoto não poderia ajudá-los a se separarem? Eis uma utilização que o professor Pelicano não tinha pensado: romper, graças à química, um laço doloroso criado pela natureza. Fim do mal-de-amor e fim, também, de toda a literatura que dele nasceu...

À sua frente, Luis Felipe fez sinal para que parassem.

A vinte metros deles, numa pequena clareira, o professor Pelicano, acocorado, conversava baixinho com os orangotangos, que o consideravam com algum interesse.

— Ele é louco — disse Luis Felipe. — Não percebe.

Heitor viu o professor segurando na mão dois bolinhos de arroz (continham provavelmente suas drogas) e chegando muito perto dos dois grandes primatas. Pelléas (era ele) pareceu de repente incomodado com essa proximidade crescente e soltou um rugido surdo. O professor, nada atemorizado, estendeu lentamente a mão, oferecendo-lhe o bolinho. Pelléas aumentou o grunhido, insistente, dando a entender que era capaz de passar a um estágio superior de hostilidade.

Luis Felipe, ao lado de Heitor, mantinha o animal sob sua mira e Heitor notou que dessa vez ele não usava o velho mosquete dos gna-doa, mas um fuzil de formas bem modernas.

Súbito, Mélisande aproximou-se do professor, pegou num pulo o bolinho e engoliu-o de um bocado. Pelléas lançou-se imediatamente sobre o professor, empurrando-o, e arrancou de sua mão o outro bolinho. Num segundo, os dois animais desapareceram no meio das árvores.

A testa de Luis Felipe estava coberta de suor.

– Meu Deus! Foi por um triz que eu...

O professor Pelicano estava no chão, absolutamente imóvel. Precipitaram-se em sua direção. Ele respirava com dificuldade.

– Meus amigos... – suspirou.

Heitor debruçou-se para examiná-lo e deu seu diagnóstico: no curso da breve colisão com Pelléas o professor tinha quebrado uma ou duas costelas. Pelléas só quis intimidar esse estranho primo de cabelos brancos, mas os modos de um orangotango são um tanto difíceis de suportar para um professor do espírito jovem, é verdade, mas com uma certa idade e pesando menos de setenta quilos...

GUNTHER SENTE MEDO

— Por que veio? — perguntou Clara.
— Essa missão está fugindo ao meu controle. Não posso deixar.
— E quem você quer controlar? Eu? Ele?
— A missão.
— Vai encontrá-lo?
— Vou, vou encontrá-lo, sim.
— Ele já está sabendo.
— Não é nada bom.
— E você queria que eu não lhe contasse nada? Preferia que ele não soubesse? Ah, sei. Eu devia ser uma coisa cômoda, e não um problema, para você, alguém com quem encontra em segredo depois do trabalho, não é?
— Não, não é nada isso. Simplesmente não era esse o bom momento.
— Ah, é? Também não era o bom momento para ter um caso comigo, não é?

— Escute...
— É isso, é isso. Afinal, essa história toda, misturada com o trabalho... Devíamos esperar alguns anos, até eu sair da empresa, não é? Aí sim, seria o bom momento! Devíamos ter organizado melhor nossas agendas.
— Você está exagerando. Você sempre exagera.

Gunther e Clara estavam deitados nas espreguiçadeiras de madeira tropical à beira da piscina, construída no meio de um jardim paradisíaco, com uma vista sublime sobre a floresta e as montanhas no horizonte. À esquerda, as pontas douradas de um templo emergiam das folhagens... Parecia o paraíso, mas ele estava perto do inferno, era o que pensava Gunther.

Dois auxiliares que acompanharam Gunther à Ásia ocupavam-se de procurar meios de transporte adequados para irem atrás de Heitor e do professor. Corriam freneticamente pelo hotel, junto com o representante local do laboratório. Clara e Gunther esperavam.

Gunther olhava Clara, recostada a seu lado, o rosto oculto pelos óculos de sol que faziam com que ela parecesse ainda mais impenetrável, seu corpo adorável dourando ao sol, a cólera à flor da pele que parecia sempre agitá-la, e ele entendeu que a verdadeira razão que o motivara a fazer aquela viagem era poder passar um tempo sozinho, ou quase sozinho, com ela.

Sentia-se terrivelmente apaixonado. Meu Deus, o que estava acontecendo com ele? Seria efeito da idade? Ele tinha doze anos a mais que Heitor e já tinha notado que algumas mulheres, as mais jovens, não o olhavam mais como antes; sentia que elas nem o imaginariam como um possível amante e, por isso mesmo, aliás, eram amáveis e sentiam-se menos intimidadas por ele. Estava ficando frágil, sentia, e se essa pequena pantera deitada a seu lado percebesse, ela iria despedaçá-lo.

Gunther o Exterminador sentia que corria o risco de ser exterminado.

A menos que...

As pílulas do professor Pelicano! E se ele conseguisse fazer com que aquele animalzinho selvagem tomasse uma delas? Ela recusaria, claro, mas... não precisava saber. Pelas últimas notícias que tinha, a molécula do afeto apresentava-se sob forma líquida. Era muito simples verter algumas gotas sub-repticiamente em seu copo.

Gunther teve esperanças. Essa pesquisa que tanto tinha custado ao laboratório, que trazia tantos problemas, quem sabe não teria um primeiro resultado eficaz? As moléculas modificadas do professor Pelicano produziriam um laço eterno entre ele e Clara.

Mas isso o atormentaria para o resto da vida. A rigorosa educação que Gunther recebera ensinara-lhe que devia vencer sempre, mas sem trapaça, por seu próprio esforço. Pensar que ele seria capaz de cometer tamanho blefe, fazia-o experimentar algo que lhe era pouco familiar: o sentimento de culpa. Mas, ora, para a culpa, ele encontraria um psiquiatra que cuidasse dela.

HEITOR É UM BOM MÉDICO

— Pelléas não teve nenhuma má intenção. Ai!...
— Não fale muito — disse Heitor. — Contente-se em respirar.

Era um conselho difícil de ser seguido pelo professor Pelicano, embora a dor o chamasse à ordem a cada vez que tentava falar. Estava deitado numa esteira de palha, na penumbra da casa de Gnar, que olhava para ele com um ar desconsolado, pois um chefe sente-se responsável pela saúde de seus hóspedes, por mais imprudentes que sejam. Os outros homens da tribo mantinham-se em pé em volta do ferido, discutindo gravemente o acontecimento. Pelo menos é o que podia supor alguém não muito familiarizado com as línguas derivadas do tibetano superior.

Not tinha posto uma almofada sob a cabeça do professor e segurava ternamente sua mão. Vayla sentou-se perto dele e abanava-o com uma grande folha.

A não ser pelo rosto acinzentado e pálido do professor, era uma visão encantadora, feita para enlevar os saudosos do Oriente colonial.

Heitor e Luis Felipe afastaram-se um pouco para discutirem o caso.

– Sua aparência não é mesmo boa.

– Não consegue respirar direito, com a dor.

Heitor estava inquieto. O professor Pelicano acabara de lhe revelar que já não tinha um pulmão e meio, desde um acidente de jipe quando era jovem, do tempo em que servia sob a bandeira de seu país. As costelas quebradas estavam do lado do pulmão bom e, por sorte, elas não o tinham perfurado, como verificou Heitor, auscultando-o atentamente. Mas a capacidade respiratória do professor, já comprometida, estava ainda mais reduzida.

Luis Felipe, de hábito tão cheio de recursos, só dispunha de uns analgésicos comuns em sua farmácia, que não pareciam fazer muito efeito para o professor. Com a orientação de Heitor, apertaram seu torso numa bandagem, o que aliviou um pouco as dores. Mas elas seriam agudas nas próximas quarenta e oito horas, advertiu Heitor. Instalar o professor no carro e levá-lo à cidade mais próxima era impensável, pois a estradinha de terra e cheia de pedregulhos o faria sofrer um verdadeiro martírio. Podiam pensar num helicóptero, mas isso demandaria tempo, porque precisavam pedir autorização de vôo nessa zona de nacionalidade incerta.

Heitor notou que Vayla e Not conversavam com animação. Viraram-se para o grande chefe Gnar, que falava um pouco a língua delas (de tempos em tempos, ele saia para negociar nos vales vizinhos e aprendera algumas palavras).

— Acho que elas acharam uma solução — disse Luis Felipe.

Alguns minutos depois, Gnar dirigiu-se aos fundos da casa, voltando com um saquinho de tecido. Alguns minutos mais e o professor estava deitado de lado, recostado na esteira, aspirando devagar um cachimbo comprido feito de bambu e marfim. Ajoelhada a seu lado, Not queimava uma bolota de uma substância cinzenta nos orifícios laterais do cachimbo e o professor, visivelmente acalmado pelo doce espetáculo, respirava, ou melhor suspirava, com naturalidade. Suas faces tinham recuperado o rosado habitual.

— Ah, meus caros amigos, o poder da química... — murmurou.

Heitor lembrou-lhe que era melhor calar-se.

Heitor sabia que esse analgésico tradicional debilitava a respiração. Era preciso cuidar, portanto, para não perder de um lado os benefícios esperados do outro. Veio acocorar-se ao lado do professor Pelicano para controlar atentamente sua cor e o ritmo de seus batimentos...

O chefe Gnar entendeu mal, certamente, as intenções de Heitor, pois logo lhe trouxe um outro cachimbo, e mais outro, que ofereceu a Luis Felipe.

— Acho que...

— Isso não se recusa — interrompeu rápido Luis Felipe —, isso não se recusa.

E lá estavam os dois, deitados perto do professor. Heitor continuava observando, enquanto contemplava o suave semblante de Vayla, preparando a sua droga, iluminada pelas luzes cor de âmbar da lamparina.

Heitor é psiquiatra, não se esqueça, e enquanto aspirava a doce fumaça ele continuava a observar tudo e a refletir no que via e sentia. O antídoto do professor devia ser um pouco parecido com aquilo, pensou. Terminado o primeiro cachimbo, tinha a sensação de que a presença de Vayla a seu lado era muito agradável, mas que ele não sofreria se ela se fosse. Depois do segundo, percebeu que pensava em Clara como uma encantadora lembrança, mas que lhe seria indiferente se ela voltasse ou não para ele. Vayla ia começar a lhe preparar o terceiro, mas ele fez sinal para que interrompesse.

Precisava estar alerta para cuidar do professor Pelicano, que tinha adormecido com um sorriso de bebê nos lábios.

Ofereceu o cachimbo a Vayla, com um ar interrogativo. Ela riu, fez não com a cabeça e acariciou seu rosto.

Ficaram os dois assim, olhos nos olhos, e ele sentiu o amor espalhar-se por todo o seu ser, pacificado, como um mar azul num dia de sol velado.

Amar e morrer, amar a valer, no país que te assemelha...

HEITOR E O QUINTO COMPONENTE

E a manhã veio, e a floresta despertou, e o sol fez brilhar o orvalho como se fossem diamantes, e Heitor achou que isso tudo era muito bom.

Tinha dormido como nunca, depois de confiar a Vayla e a Not os cuidados com o professor e avisá-las de que deviam acordá-lo caso fosse necessário.

As duas passaram a noite inteira velando sobre eles, indefesos sob o efeito da droga, e na madrugada abandonaram-se ao sono. Agora repousavam, duas pombinhas delicadas adormecidas ao lado do pelicano. Heitor foi verificar se as faces do professor estavam coradas e se sua respiração voltara ao ritmo regular.

Retomou sua contemplação da floresta e Luis Felipe veio ao seu encontro.

– Nada mal, nada mal – disse Luis Felipe.

– Não se deve fumar isso sempre – respondeu Heitor.

— Aí é que está o problema. É muito fácil cair na tentação. Algumas cachimbadas, é o que a gente pensa, só de vez em quando. Mas, depois, nem percebemos, e lá estamos nós com cinqüenta cachimbadas por dia e pesando cinqüenta quilos.

— Não parece ser o caso dos gna-doas.

— Não. Mas essa é a cultura deles, sabem como usar. Como o vinho, para nós. Há um controle social. Se alguém começa a exagerar, é privado do ópio, e chegam a prendê-lo um tempo, se for preciso.

— Mas de onde vem esse ópio?

— Melhor nem perguntar... Se você observou bem, não sou o único aqui a dispor de um telefone por satélite: o bom Gnar também — disse Luis Felipe rindo.

— Então, é assim que termina chegando até nós.

— Não se esqueça que fomos nós que os ensinamos a cultivar a planta no tempo da colonização... Deu nisso.

Heitor constatou que cada vez que ele saía percorrendo o mundo, encontrava a droga e a prostituição. Seria porque elas estavam disseminadas pelos quatro cantos do planeta ou seria ele quem tinha uma atração inconsciente por esses dois mundos sombrios? Disse a si mesmo que, quando voltasse para casa, iria conversar com o velho Arthur. A lembrança do colega trouxe-lhe à mente a emocionante declaração sobre o amor, lá na ilha. Pensou imediatamente em Clara e percebeu que o efeito do ópio tinha passado, pois só de pensar em Clara, seu coração se partiu.

— Conte como é que foi que as coisas melhoraram com sua mulher? — perguntou Heitor.

— Acho que os dois caminhamos — disse Luis Felipe. — Ela aceitou que nosso amor tenha se transformado com o tempo e entende que eu não a faça mais suspirar como nos primeiros anos. E eu me comprometi a voltar para casa. Vou deixar essa vida de errante, sempre no estrangeiro. É minha última missão, pelo menos de longa duração.

— Não vai sentir falta?

— Vou, mas tudo tem um preço. Acho que eu amo minha mulher, mais do que gosto das minhas viagens. Depois, sabe, é uma questão de idade também. Cheguei a um ponto da vida em que a aventura, ou as aventuras, não têm mais o mesmo sabor de quando eu tinha menos de quarenta anos... E estou chateado de não ver meus filhos crescendo, ficando adultos. É isso.

Heitor pensou em duas frases para anotar impreterivelmente em seu caderno:

Florzinha número 25: amar é sonhar e é também saber se desfazer dos sonhos.

Florzinha número 26: amor é renúncia.

Mas haveria mesmo alguma retribuição por isso?

— Ah — disse Luis Felipe —, recebi isso para você, pela internet.

Era uma carta do velho Arthur. Heitor voltou para a casa. Queria lê-la em silêncio.

Sentou-se perto de Vayla, ainda adormecida.

Caro amigo,

Agradeço o envio do texto a respeito dos componentes do sofrimento amoroso. Muito apreciei seu estilo e a justeza de suas descrições. Mas, como colega mais velho, permita-me dizer que se esqueceu de um quinto componente. E eu entrei no seu jogo. Inspirando-me no seu estilo, ei-lo.

O quinto componente do mal-de-amor.

O quinto componente é o medo. O medo do vazio eterno. A intuição, desde que perdeu a companhia do ser amado, de que passará o resto de sua vida sem experimentar mais grandes emoções. Percebe, então, que passou a viver com indiferença certas aventuras ou certos acontecimentos que outrora tanto o alegravam, ou entristeciam. Tem a impressão de que, desde que o ser amado desapareceu de sua vida, não é mais capaz de sentimentos grandiosos. É então que o quinto componente se instala. Pergunta a si mesmo se essa espécie de anestesia não será definitiva. Continua a trabalhar, a encontrar gente nova, a viver aventuras ou casos passageiros, talvez até mesmo se case com uma pessoa apaixonada por você, mas nada disso interessava-o realmente. Vive isso tudo como quem assiste a um programa de televisão por inércia, por preguiça de se decidir a fazer outra coisa. Sua vida poderá até ser variada, mas, justamente, terá para você tanto interesse quanto um programa tolo de variedades, isso é, quase nenhum. E sorverá esse líquido amargo até o fim, dia após dia. Os demais componentes do sofrimento amoroso vão pouco a pouco desaparecendo. Não sentirá mais a falta do ser amado, como acontece com os toxicômanos que se transformaram em abstinentes. Às vezes, um lugar, uma música, um perfume provocarão sua memória e sentirá uma leve lufada da saudade. Seus amigos observarão um breve momento de alheamento de sua parte. Em seu semblante, notarão uma nuvem invisível atravessando seu olhar. Alguns entenderão, e irão tentar distrai-lo ou afastá-lo da lembrança, da mesma forma que evitariam deixar por muito tempo diante de um bar um ex-bebedor arrependido. E, justamente, você terá se transformado em um desses alcoólatras que dominaram a bebida fugindo dela, nem mais uma taça, nem mais um gole, mas que reconhecem que sua vida era mais intensa, mais rica e mais alegre no tempo em que tinham a bebida por companheira. Alguns confessarão que levam uma vida morna e sem graça e é verdade que os achamos meio insípidos, embora sejam uma agradável companhia. A única vantagem do quinto componente é a de transformar você em alguém mais tranqüilo diante das agruras e das contrariedades da vida, como um navegador que enfrentou os sete mares tenebrosos e que sabe guardar a calma diante de um pé de vento que a todos aterroriza. Sobrará esse pensamento consolador, que você se esforça por cultivar: toda essa história com o ser amado fez de você alguém mais forte e mais sereno, e você mesmo acredita no valor dessa serenidade adquirida a custo altíssimo. Até o instante em que um lugar, uma música, um perfume...

Heitor compreendeu por que o velho Arthur parecia às vezes tão melancólico. Guardou a mensagem, prometendo a si mesmo não pensar muito no quinto componente, que ele já experimentara, aliás, em vários momentos.

Depois, viu Vayla despertando, surpresa por encontrá-lo ao seu lado e assim que o viu, ela sorriu.

Heitor cai das nuvens

Heitor trouxe até o professor Pelicano sua maleta de aço e abriu-a na sua frente.

— Está tudo aí dentro. Veja: os dados de todas as experiências, as características tridimensionais das moléculas, milhares de informações sob forma compactada. Sempre deixei, a cada vez, um vazio atrás de mim.

— E ali? – perguntou Heitor.

Mostrava a outra metade da maleta, que parecia mais uma caixa de pequeno químico, com uma enormidade de provetas e fitas reativas.

— São as amostras – respondeu o professor. – E algumas maquininhas nanotecnológicas para modificá-las. Mas é preciso saber usá-las.

— E o antídoto?

— Assim que eu estiver um pouco melhor, preparo de novo para você. Aliás, como se sente? Com Vayla, quero dizer.

Heitor respondeu que sentia um laço profundo e um desejo muito forte por Vayla, mas ao mesmo tempo sofria enormemente com a falta de Clara.

— No mesmo momento?

— Não, não no mesmo momento, é verdade. Quando estou com Vayla, Clara se afasta. Mas, se ela aparece, então é Vayla quem se apaga.

— Interessante, interessante — disse o professor Pelicano. — Gostaria de estudar seu cérebro!

Essa observação não trouxe muito conforto a Heitor. O professor continuava:

— Seria interessante verificar ao vivo seu consumo cerebral de glucose e estabelecer a diferença entre as zonas que se ativam quando pensa em Vayla e aquelas que avermelham quando pensa em Clara. Conseguiríamos diferenciar anatomicamente as zonas implicadas nos diferentes tipos de amor! Ai!

Entusiasmado, o professor Pelicano tinha esquecido que suas costelas quebradas obrigavam-no à moderação.

— Se pelo menos eu pudesse ter uma IRM funcional aqui — suspirou. — É o lugar que eu sonhei para minhas pesquisas, além, claro, da presença dos orangotangos!

— O que deu a Pelléas e a Mélisande?

— Algo com que pudessem criar um laço de afeto.

— Mas eles já são muito ligados, até pensei que isso era uma característica desses primatas.

— Sim, ligados entre si, mas não a mim.

O professor explicou que sua intenção era criar um elo de afeto entre Pelléas, Mélisande e ele. Seria mais fácil estudá-los depois.

— Mas, para isso, eu devia estar presente durante a ação do produto e, como eles fugiram, perdi a oportunidade. Vão aumentar ainda mais os elos que têm um com o outro, se é que isso é possível...

Um pouco mais longe, Vayla e Not olhavam a televisão, alimentada por baterias solares, que o chefe Gnar tinha instalado no cômodo para distrair o professor. Gnar, decididamente, era um homem cheio de recursos.

De repente, Heitor ouviu o grito de Vayla.

Ele aproximou-se da tela.

Viam de novo as imagens dos dois pandas abraçando-se ternamente e depois uma foto em plano fixo de Hi, atordoado pelo flash, como o retrato de um criminoso. Heitor escutou, estupefato, o comentário que acompanhava as imagens.

Vayla não tinha entendido mas, pelo ar consternado do apresentador, percebera que a informação tinha algo de trágico.

— *Noblem?*

— *Little blem* — disse ele.

— *Blem?* — repetiu ela, inquieta.

— *Noblem for Vayla and Heitor.*

Ela pareceu mais tranqüila e falou com Not. Pularam a uma emissora de música, como quem quer dissipar a ligeira nuvem sombria que tinham entrevisto no horizonte.

Heitor voltou para perto do professor. Não conseguia acreditar na notícia que ouvira. No entanto, ela era real.

— Hi comeu Ha! — anunciou.

— Ah, é? – disse o professor, com ar pensativo... – Não me espanta muito, aquela amostra estava mal purificada e, você sabe, os centros dos afetos não estão tão longe daqueles do apetite. Aliás, o desejo de comer o outro para dele apropriar-se é um fantasma recorrente entre os apaixonados. Na literatura...

— Professor Pelicano, isso não é literatura! Hi comeu Ha! O senhor está me ouvindo? Hi comeu Ha! Eu vou comer Vayla?

Heitor estava a ponto de sacudir o professor Pelicano, apesar de suas vértebras quebradas, e este se deu conta disso.

— Nenhum risco, meu amigo, nenhum risco!

— E por quê?

— Porque... A você e a ela, eu dei... um placebo.

HEITOR EMOCIONA-SE

H eitor já ia sacudir o professor como uma ameixeira, para recolher explicações, quando Luis Felipe chegou com a tradução da carta de Vayla.

Querido Heitor,
Poder falar com você, enfim. Ou escrever, pelo menos. Não tenho muito estudo, sou uma moça simples e temo que eu vá decepcioná-lo, agora que pode me entender. Às vezes, acho que me prefere muda, que não sou mais que uma boneca bonita para você, que um dia vai deixar de lado como se guarda uma boneca depois de brincar com ela. Mas, em outros momentos, tenho a impressão de que você me ama tanto quanto eu te amo e o que acontece entre nós é um milagre. Claro, há os remédios do Chester, mas eu não acredito neles. Não acho que me apaixonei só por causa do passe de mágica de um professor branco. Não. Você era diferente dos outros. Não pode saber o que é sentir o olhar pesado

de desejo dos homens, os da minha raça e os da tua. *A primeira vez que nos vimos, quando você queria saber do Chester, percebi que você me achava bonita.* Mas me respeitou e não me considerou um objeto pronto a lhe oferecer prazer a uma ordem sua. E notei que ficou contrariado com a responsável pelo hotel, que falava inglês e me tratava do alto porque eu era uma simples garçonete. Sinto você muito perto de mim, em certos momentos, e muito distante, em outros, porque tudo nos separa e isso me entristece. Às vezes, acho que se eu aprendesse a sua língua nós nos aproximaríamos, mas, outras vezes, pergunto-me se isso não nos afastaria ainda mais, porque nossos mundos são muito diferentes e eu quase não estive na escola.

Você é meu amor e você é minha inquietude.

Encontrar você foi como um presente para mim, e cada dia contigo será um presente, renovado a cada dia.

Vayla.

Heitor dobrou a carta. Vayla não tinha visto nada e continuava assistindo à MTV Ásia, ao lado de Not, enquanto o professor Pelicano prosseguia sua longa explanação, que ninguém escutava.

– Entendem? Eu precisava de um placebo. Era o meio que eu tinha para controlar a experiência, para poder avaliar com rigor os efeitos do produto, aquele que eu tomei com Not. Mas eu precisava de mais sujeitos para a minha pesquisa. E, claro, de uma IRM funcional...

Heitor não o ouvia. Olhava Vayla, seu ar de criança seduzida pela imagem da Madonna, que cantava de novo *I got you under my skin* caminhando sobre uma via láctea de pétalas de rosas...

E cada dia contigo é um presente precioso.
— Espero que esteja tudo bem — disse Luis Felipe. — Imprimi a carta, mas não a li.
— Estou bem — disse Heitor.
— Não sei, mas parece preocupado.
— Você tem razão. Eu não devia desperdiçar minha felicidade.

Ia chamar Vayla e mostrar a ela que tinha lido a carta, quando ouviram o ronco de um motor ao longe. Todo mundo precipitou-se para olhar o céu.

O barulho crescia e, atrás de uma daquelas colinas distantes, surgiu um helicóptero.

— Dos grandes — disse Luis Felipe — ... Militar.

A aldeia logo se agitou, as mulheres levavam os filhos para casa, os homens corriam em direção à floresta, alguns curvados sob o peso de grandes balaios de vime.

O helicóptero aproximava-se, como um imenso bastão de cor cáqui e distinguiram na cabine as armas da bandeira de um dos países vizinhos.

— Em todo caso, não é uma operação policial — disse Luis Felipe. — Teriam pousado mais à distância.

O aparelho sobrevoou uma pequena clareira perto dos arrozais, provocando terror entre os búfalos, que se precipitaram mugindo contra as estacas do curral. O helicóptero oscilava ligeiramente, aproximando-se do solo, e depois pousou com cuidado. Os dois pilotos usavam uniformes militares. A porta da cabine abriu-se e dois ocidentais em trajes civis desceram, mais jovens e, atrás deles, um casal.

Clara e Gunther.

O professor Pelicano tinha vindo à porta para observar.

— Ele não! — disse. — Não deixem ele roubar isso!

Heitor e Luis Felipe entreolharam-se.

HEITOR CONTROLA-SE

— Bem – disse Gunther –, temos interesses comuns, precisamos chegar a um acordo.

Estavam todos no chão, acocorados ao lado do professor Pelicano, como uma pequena corte em volta de um rei doente: Heitor, Gunther e seus dois assessores com aquela aparência saudável e atenta de cosmonautas civis, que respondiam pelos nomes de Derek e de Ralph. Clara, lógico, vestida com uma elegante roupa de safári de revista feminina e evitando olhar para Heitor. E mais Not, que segurava a mão do professor abanando-o, e o chefe Gnar, que sentia que dali podiam sair bons negócios, e ainda Aang-do-braço-comprido, que entendia um pouco de inglês. E Luis Felipe?

Luis Felipe desaparecera assim que Gunther chegou. A alguns passos dali, Vayla continuava a olhar a televisão, ou fazia de conta, lançando olhares oblíquos a Heitor e a Clara.

– Ela não podia abaixar um pouco a televisão? – perguntou Gunther. – Estamos aqui para trabalhar.

Um dos jovens, Ralph, ia levantar-se para falar com Vayla, quando Heitor disse:

– Não, assim está muito bom.

Pelo tom de Heitor, Ralph preferiu continuar sentado, pois sentia que ali havia algo mais importante que o som de uma televisão.

– O professor vai agüentar? – perguntou Derek, parecendo inquieto.

Com efeito, apesar de todos os cuidados de Not, o estado do professor Pelicano tinha subitamente piorado com a chegada de Gunther. Pálido, os olhos fechados, respirava com dificuldade.

– Quebrou as costelas, e tem um pulmão só – disse Heitor.

– Justamente – disse Gunther. – Podemos transportá-lo. A uma hora de helicóptero, há uma clínica excelente.

– Nem pensar...– murmurou o professor. – Fico aqui com meus amigos. Minha pesquisa, minhas experiências... Os orangotangos...

– O que ele está dizendo? Está delirando? – perguntou Gunther.

– De modo algum. O professor Pelicano pretende estudar os orangotangos. Quer entender por que são monogâmicos.

– Muito bem – disse Gunther, – podemos instalar uma antena de pesquisa. Traremos o material necessário, com o helicóptero.

– Uma IRM funcional – sussurrou o professor Pelicano.

Gunther fez uma careta.

– Uma IRM? Realmente? Não seria melhor instalá-la na cidade? À alimentação elétrica...

– Eletricidade, muito bom! – exclamou o chefe Gnar. – Eletricidade muito bom, se trazer grupo eletrógeno!

Gunther pareceu surpreso com a intervenção súbita do chefe, que continuou, entusiasmado:

– Grupo eletrógeno, baterias solares, turbina para rio! Sempre corrente! Muito bom! Muito bom! Helicóptero pode trazer isso tudo!

– Ora, ora, o chefe parece entender da coisa – disse Derek a Gunther.

– Material para as minhas experiências... – continuava o professor. – Cromatógrafo, sintetizador etc.

– Material muito bom! Helicóptero trazer isso tudo!

– Aang instalar material, para se juntar ao entusiasmo de seu chefe. – disse Aang.

Gunther olhou Clara, mas essa não tirava os olhos de Vayla. Gunther sentiu seu coração batendo forte no peito. "Meu Deus, pensou, estou terrivelmente vulnerável! E isso não é hora."

– Professor – disse ele –, concordo com o senhor. São projetos muito interessantes. Mas, e os resultados a que chegou até agora, suas amostras, as moléculas, onde estão?

O professor fez um gesto vago com a mão, mostrando a porta e, mais além, as montanhas e a floresta.

– Pusemos ao abrigo – disse Heitor.

– Ao abrigo?

O rosto largo de Gunther tinha enrubescido.

– Tem muita gente interessada nessa pesquisa – continuou Heitor. – Chineses, japoneses... Decidimos, o professor e eu, manter o material das experiências em segredo.

— E vai nos conduzir a ele, suponho.

— Não — disse Heitor.

Dessa vez Gunther empalideceu.

— Essa pesquisa fomos nós quem financiamos, ela é nossa — disse ele entre dentes.

Derek e Ralph olharam um para o outro com ar inquieto. Já conheciam os acessos de cólera de Gunther. Gnar e Aang também pareciam tensos e tinham-se ligeiramente eretos, como prontos ao ataque.

Heitor jubilava. Queria que Gunther o provocasse. Esmurraria aquela cara com muito gosto, o que prova que os psiquiatras são homens iguais a todos os outros.

— Escutem — disse Clara —, acho que seria melhor nos acalmarmos. Quais são os elementos do problema?

Vendo-a assim calma e dona de si, com sua voz tão suave como se dirigisse uma reunião ordinária, Heitor sentiu admiração e também amor. Pelo olhar que Gunther lançou a ela, também subitamente acalmado, ele pensou: "Meu Deus, esse safado gosta dela!" E sentiu ao mesmo tempo tristeza, pois era certo que Gunther faria de tudo para ficar com Clara, e alívio, pois a idéia de Clara sofrendo com um homem que não a amasse lhe era tão insuportável que ele seria capaz de cometer um assassinato. Estranhamente, experimentou nessa hora uma espécie de sentimento de fraternidade por Gunther. Tinha a impressão de que estavam no mesmo barco, num mar agitado, embora soubesse que cada um deles seria capaz de empurrar o outro na água.

Vayla tinha abandonado a televisão e viera sentar-se, um pouco retirada, bem atrás dele. Observava Clara, provavelmente.

— Bem — disse Clara com uma voz ligeiramente incomodada... — Quais são suas exigências? Devem ter pensado em algo.

Heitor explicou que o professor Pelicano temia uma utilização prematura das pesquisas que, de seu ponto de vista, não tinham ainda chegado ao fim. Não queria que pusessem no mercado uma molécula imperfeita.

— Mas jamais faríamos uma coisa dessas — disse Gunther. — Não é de nosso interesse!

— Não é só você quem decide isso — falou baixinho o professor. — Quero ser dono absoluto do que faço e não quero mais equipes estranhas em meu projeto.

E ele pareceu adormecer. Gunther não respondeu nada. Heitor começava a entender por que o professor Pelicano tinha preferido fugir.

— O professor Pelicano quer continuar sua pesquisa aqui. Com toda a tranqüilidade necessária — confirmou.

Os lábios do professor agitaram-se de repente, como se falasse no sono.

— A IRM funcional pode ser instalada na cidade — disse o professor Pelicano —, mas quero licença para usar o helicóptero sempre que for necessário.

Gunther refletia. Clara olhava Heitor, os olhos brilhantes, e ele sentiu que estava à beira das lágrimas. Pensou que estavam ambos tomados pelo ciúme, ele de ver Gunther, ela de ver Vayla. E mesmo assim, isso não era suficiente para saber se ainda se amavam. Ele prometeu anotar no caderno:

O ciúme sobrevive ao amor. Mas, ainda é mesmo amor?
Gunther fez o que sabia fazer: decidir.

— Muito bem, de acordo. Têm licença para continuarem aqui. Mas preciso de uma garantia, algo que eu possa relatar à matriz, para lhes demonstrar que estamos progredindo. Preciso de algumas amostras!

O professor Pelicano não respondeu. Cochilava como se a fala de Gunther o entediasse. Este ficou roxo de ódio.

— Se eu não as tiver, *niet* a tudo! *Niet, niet, niet!* E envio o exército para devastar essa aldeia toda e mais o arrozal e a floresta inteira.

Nesse instante, ouviram lá fora o longo *huuu-huuu* do orangotango. Heitor achou que era um sinal para concluírem o acordo. Estava começando a pensar como um gna-doa.

Heitor foi ludibriado

Heitor caminhava na selva atrás de Aang-do-braço-comprido. Na clareira de Pelléas e Mélisande, que tinham saído para dar uma volta, encontraram Luis Felipe, sentado em cima da maleta de aço do professor.
– Então, quais as novidades?
– Licença para continuar por aqui, em troca de algumas amostras.
– Foi um bom trato – disse Luis Felipe.
– Acho que Gunther só quer uma coisa, sumir o mais rapidamente possível. Deve ter ajudado.
– Que estúpido! Isso aqui é tão maravilhoso.
O efeito do ópio tinha passado, mas apesar disso Luis Felipe parecia mais sereno que nunca.
– Essas montanhas... essa floresta... – disse ele, mostrando a paisagem com um gesto amplo. – Esse povo simpático... Eu me vejo muito bem instalado por aqui,

em uma dessas casas. A boa vida, ora. Caçar, pescar... Um cachimbinho de vez em quando. Vou pedir a esse bom Gnar que me encontre uma esposa... Essa gente é tão gentil.

— E sua mulher?

Luis Felipe sobressaltou-se.

— Nossa! Você não entende nada de poesia... Eu só estava sonhando. Bom, vamos lá. O que damos a esses cretinos como amostras?

— O professor disse para darmos todas aquelas cujas etiquetas começam por CC e WW.

Abriram a maleta e começaram a examinar as fileiras de provetas, bem arrumadas, como munições.

— Afastem-se — disse uma voz atrás deles.

Derek e Ralph os tinham seguido e chegavam em companhia de quatro jovens militares asiáticos. Apesar de suas roupas de camuflagem e da segurança com que apontavam suas armas, pareciam pouco à vontade de terem sob a mira dois brancos, mesmo com ordens de outros brancos.

— Merda! — disse Luis Felipe. — Com que direito...?

— Cale a boca! Não se faça de idiota e tudo correrá bem — disse Derek. — Só queremos a maleta.

Aang-do-braço-comprido mantinha-se imóvel, mas Heitor sentia seu ódio crescendo a ponto de explodir.

— *No problem*, Aang — disse —, segurando-o pelo ombro.

Intuía que para aqueles jovens soldados atirar em alguém como Aang não seria nenhum problema.

— Enfim, arrematamos o lance — disse Ralph, apropriando-se da maleta aberta.

— Mas o que farão com ela? Pelicano não vai querer continuar a pesquisa.

— E acha mesmo que nós queremos ainda alguma coisa com esse velho maluco? Ele já nos deu um bocado de problema. Pode ser um gênio brilhante, mas agora vamos dar a vez aos trabalhadores conscienciosos e disciplinados. Com isso, já terão o que fazer — disse Ralph fechando a maleta e voltando para perto dos soldados.

Foi então que Heitor compreendeu que era essa a intenção de Gunther desde o início. Ele o ludibriara. A negociação fora uma farsa, um simulacro apenas, para que ele os conduzisse às amostras. Sentiu-se de repente tão furioso quanto Aang.

— Calma — disse Luis Felipe. — Sem bobagens.

— Parem de cochichar — disse Derek. — Muito bem. Vamos voltar, bem tranquilamente. Não nos sigam de muito perto, os soldados estão nervosos, isso aqui não é o lugar favorito deles, pelo que entendi. Se eu fosse vocês, deixaria uma distância...

Deu alguns passos e voltou-se:

—Melhor ainda: não se mexam daí enquanto não ouvirem os motores do helicóptero.

De repente, Heitor teve um pressentimento, que lhe doeu tanto como se tivesse recebido um golpe de picareta. As amostras. Gunther ia poder dispor da verdadeira molécula desenvolvida pelo professor Pelicano, não de um placebo. Clara. Clara e Gunther.

HEITOR FICA ZANGADO

Heitor corria. Atrás dele, escutava os passos de Aang e, mais longe, os de Luis Felipe. Tinha um só objetivo, chegar à aldeia antes de Derek e sua equipe. Descia um caminho pelo flanco da montanha, paralelo àquele que os outros tomaram.

Heitor não tinha ainda idéias claras, mas pensava consigo mesmo que não seria difícil impedir a partida de um helicóptero.

Tecnicamente, isso pode ser tentado, tinha-lhe dito Luis Felipe. Mas há dois pilotos e eles seguramente estão armados também.

— E o seu fuzil?

Luis Felipe levou um tempo antes de responder.

— É para minha defesa, ou a sua. Não para enfrentar militares de um país com o qual o nosso não está em guerra.

— Acha que são mesmo militares?

— Trabalham no informal, como todo mundo aqui. De qualquer modo, não teríamos a menor chance.

Então, Heitor retomou sua corrida, obcecado pela imagem de Gunther de smoking no terraço do Danieli ao pôr-do-sol de Veneza, Clara voltando-lhe as costas, sublime em seu vestido de noite, contemplando os dourados declinantes do Grande Canal, enquanto Gunther vertia sorrateiro o conteúdo de uma proveta em sua taça de champanhe.

Chegou à entrada da aldeia, que continuava deserta. Notou os dois pilotos fumando perto do helicóptero. Dois, pensou, não é muito, talvez com a ajuda dos gna-doas... Subiu a escada para ir ao encontro do chefe Gnar, seguido por Aang-do-braço-comprido, que vinha atrás dele.

Continuavam ali: o professor deitado, Not à sua cabeceira, Gunther, Clara, o chefe bebendo chá e, a alguma distância Vayla, que ao vê-lo chegando soltou um grito de alegria.

— Crápula! – disse Heitor. – Você roubou a maleta!

Gunther olhou para ele displicentemente.

— Ninguém rouba o que lhe pertence.

— Toda essa negociação era uma armadilha...

— Negócios, negócios... – retrucou Gunther dando de ombros.

— Como você pode estar com um tipo desses? – perguntou Heitor a Clara.

— Deixe-a fora disso! – gritou Gunther.

— Não estou falando com você, cretino – disse Heitor.

— Devia reler seu contrato, seu idiota — disse Gunther.

— Viu? — disse Heitor a Clara. — Exatamente o que eu dizia.

Então, Gunther começou a ficar bem irritado e levantou-se.

Heitor e a sabedoria dos gna-doas

Finalmente, Gnar e Aang conseguiram separar os dois. Heitor sentia o sangue escorrendo do seu nariz, mas notava com satisfação que um incisivo a menos daria por algum tempo um aspecto, digamos, diferente ao sorriso de Gunther (embora Gunther não sorrisse nadinha àquela hora).
— Meu Deus! — disse Gunther, que acabava de notar a mesma coisa.
O chefe e Aang continuavam entre eles, ao mesmo tempo surpresos e admirados. Afinal, esses brancos tão contidos e misteriosos também brigavam como homens de verdade!
Vayla tinha acorrido e tentava estancar com um tecido o sangue que escorria das narinas de Heitor, soltando alguns ais de compaixão. Mas o que ele viu então lhe causou uma dor ainda maior que a que sentia em seu nariz, talvez quebrado: Clara precipitara-se para

Gunther e examinava seu lábio cortado. Está dito tudo, pensou.

— Não acafei, feu cretino — continuava Gunther com um tom raivoso.

— Acabou, sim! — disse Heitor levantando-se.

Sentia-se muitíssimo bem, tomado por aquela gana de ódio violento. Por que ele tentava sempre convencer seus pacientes a controlá-la? O chefe e Aang puseram-se entre os dois novamente.

Mas, sentado com a cabeça para trás para estancar o sangramento, ele viu o rosto de Clara ao lado do de Vayla. As duas mulheres trocaram entre si olhares de hostilidade e, ao mesmo tempo, de grande cumplicidade — "sabemos que os homens são mesmo loucos", pareciam dizer uma à outra —, e depois o observaram com inquietação. E sob aqueles dois olhares seus conhecidos, tão semelhantes e tão diferentes, Heitor sentiu um instante de incrível e maravilhosa felicidade. A lembrança de um paraíso perdido ou o sonho de um sultão, pensou.

Depois, certa de que ele não passava tão mal, Clara desapareceu. Escutou-a murmurando consolos a Gunther.

Foi então que Heitor sentiu-se envergonhado. Brigar desse jeito! Gunther e ele comportavam-se como aqueles bichos que ele tinha visto lutando lá na ilha. Mais um efeito do amor: ele rebaixava os seres humanos ao nível de seus amigos caranguejos. Pensasse quem quisesse que o objeto do combate era o roubo da maleta, mas Gunther e ele sabiam muito bem que essa não era a verdade.

— Alguém pode me explicar o que está acontecendo? – perguntou o professor Pelicano com uma voz ulcerada. – Onde está minha maleta?
Not levou-o a um canto da peça, preocupada que os combatentes terminassem depenando seu querido Chester.
— Gunther mandou Ralph roubar sua maleta. Junto com aquele outro, e os militares.
— É verdade? É verdade?
— O que fofê affa? – disse Gunther, explorando dolorosamente o interior da boca com a língua. – Que famof continuar afoiando um fanático doido como fofê?
— Mas é a minha pesquisa! – gritou o professor Pelicano, levantando-se bruscamente.
Ele estava afogueado e parecia completamente desperto.
— De todo modo, sem mim, vocês não podem nada! Gunther ironizou.
— O clamor do gênio...
Mas, a um olhar de Clara, ele se recompôs.
— Profefor Pelicano, o fenhor teve boas idéias, idéias até cheniais...Mas chegou a hora de trabalhar feriamente.
— Mas quem é que você acha que vai aceitar trabalhar nessas condições? Se eu me oponho!
Gunther não respondeu nada, como se isso não fosse de fato um problema. O professor Pelicano pareceu tocado por uma súbita iluminação.
— Rupert? Vai pôr o safado do Rupert na minha pesquisa?

O professor deu um pulo e Heitor pensou que ele fosse se jogar sobre Gunther, mas o chefe e Aang intervieram mais uma vez.

— *No problem* — disse o chefe. — *No problem* — repetiu.
— *No problem* — insistiu Aang.
— Mas, sim, claro que sim. *Big problem.*

O chefe sorriu para ele e mostrou a paisagem ao redor. O chefe estaria querendo dizer que o essencial era contemplar a natureza e que toda mesquinha disputa humana era vã?

Na entrada da floresta, Heitor viu chegando uma pequena tropa de gna-doas. Deviam estar voltando da caçada pois pareciam trazer pesados troféus presos a longas varas que carregavam como redes e levavam penduradas nos ombros.

Então, ele distinguiu, suspensos pelas mãos e pelos pés, Derek, Ralph e os quatro soldados. E, do lado do helicóptero, nenhum piloto à vista, mas um grupo de gna-doas gargalhando ruidosamente.

Heitor venceu

Que bando de incompetentes – dizia Luis Felipe. – Que erro de recrutamento! Trazer para cá esses soldadinhos sem experiência, que nunca estiveram numa guerra. Deviam ter ido atrás dos durões, já treinados, ou de gente da montanha... Mas, para isso, eles precisariam possuir uma boa rede!
Luis Felipe parecia ter um enorme prazer em analisar a derrota da operação de Ralph e Derek:
– Uns gringos incapazes. Só entendem dos procedimentos de praxe, as manobras já conhecidas – disse ele.
– E bem numa região gna-doa! Gente da guerrilha há gerações! Bom, mas, enfim, ainda bem que estávamos aqui, pois do contrário acho que esses caras teriam terminado debaixo da terra... Desaparecido... Os gnadoas sempre tiveram problemas com os representantes da autoridade.

Heitor e Luis Felipe bebiam chá com o chefe Gnar. A maleta, verdadeiro sinal de sua vitória, servia de mesa de centro. Era como beber no crânio do inimigo, um pouco mais gentil, talvez.

Gunther, Derek, Ralph, os pilotos e os soldados foram trancafiados num chiqueiro. Heitor tinha achado a medida um pouco dura demais, mas Luis Felipe retrucou que essa era uma penalidade mínima para quem chegava armado ao país dos gna-doas.

Foram as crianças que desmontaram o plano de Ralph e Derek. Brincando em volta do helicóptero, perceberam que quatro soldados tinham saído sub-sorrateiramente da cabine, escondendo-se na floresta. Deram o alarme, entre risos e cambalhotas, pois estavam muito contentes de serem admitidos no círculo de adultos tão importantes. O professor Pelicano apareceu, um pouco trôpego, mas ainda assim corajoso.

— O problema — disse ele —, é que agora eu vou ficar com medo de que me surrupiem tudo de novo, disse. Mais uma vez, lá vou eu ter que fugir com minha doce Not.

Not conversava com Vayla, observadas ambas por Clara, que tinha escapado da vizinhança dos porcos graças à intervenção de Heitor. Calada, sentara-se no chão no canto mais afastado do cômodo. Heitor tinha uma vontade enorme de falar com ela, mas não queria fazê-lo na frente de todo mundo. Tinha medo que caíssem um nos braços do outro, e ele pensava em Vayla.

Passos fizeram vibrar a escada do lado de fora e Miko e Shizuru apareceram. Pareciam tímidas, mas logo se mostraram interessadíssimas pela maleta do professor

Pelicano. O chefe Gnar acolheu-as com um largo gesto de boas vindas e depois lhes mostrou o canto das mulheres, onde já estavam Vayla e Not. Era melhor precaver-se.

— É uma pena — disse o professor Pelicano. — Tenho certeza que Pelléas e Mélisande estavam começando a se acostumarem comigo.

— E vai partir quando? — perguntou Luis Felipe.

— Vocês poderiam me dar uma carona até a cidade. De lá, acho um avião para um canto qualquer. Ou um trem: parece que há ainda uma linha colonial muito pitoresca. Not com certeza vai gostar.

Heitor pensou que Not preferiria ficar em Xangai, ao invés de ir parar numa outra aldeia perdida no meio da selva.

— E eles?

— Oh — disse Luis Felipe — vão soltá-los. O chefe entendeu perfeitamente que Gunther é caça boa demais para ser abatida, ou para fazer refém. Hein, chefe? Estou errado?

E o chefe Gnar riu. Aprovava Luis Felipe, talvez. Ou seu humor depois da vitória estava mais para o alegre. Ou, então, ria porque tinha suas razões para rir, que só sua razão conhecia.

— Podíamos festejar a vitória com algo melhor que chá — sugeriu Luis Felipe, fazendo o bom Gnar rir ainda mais.

Heitor aparentava interessar-se pela conversa, mas ele só tinha um desejo: conversar com Clara.

HEITOR E CLARA E VAYLA

Heitor foi ao encontro de Clara lá fora, ao pé da escada. Ela tinha visto Gunther, ou melhor, falara com ele, separados pela portinhola do chiqueiro guardado por dois gna-doas.

– Vamos conversar um pouco – disse Heitor.

A noite caía e ele sabia que Clara, como as mulheres gna-doas, não gostava de ficar com o pé na terra quando a noite vinha. Do alto, chegavam até eles os risos sonoros de Luis Felipe e do chefe, e mais os do professor Pelicano que redescobria as delícias do mosto de arroz fermentado e talvez também do *chum-chum*.

– Conversar o quê? – disse tristemente Clara.

– O que você acha?

Clara não disse nada, mas apoiou a cabeça no ombro de Heitor, como um pequeno touro obstinado que sabe que a vida é assim mesmo e que nada podemos fazer contra ela a não ser enfrentá-la.

— Acho que nós ainda nos amamos — disse Heitor.
— E vamos nos amar sempre... — disse Clara.
Fez-se um silêncio. Heitor esperava.
— Mas, agora, não é possível...
No alto, Heitor enxergou o rosto de Vayla escrutando a escuridão. Pensou que ela podia vê-los e deu um passo para trás, afastando-se de Clara.
— Vê?... — disse Clara.

Heitor não dormia. Sentia a respiração agitada de Vayla a seu lado. Pensava naqueles que dizem que não é possível amar duas pessoas ao mesmo tempo. Não seria um amor verdadeiro. Mas, quantas vezes não ouviu casos assim, confidenciados por seus pacientes, homens (isso já se sabia) e também mulheres (isso se sabia menos). E não estava ele vivendo a mesma história, como no filme que o tinha marcado quando criança, *Doutor Jivago*? Mas, pouco importava o amor que ele sentia pelas duas mulheres. Precisava escolher, se não quisesse destruir os dois. Prometeu anotar mais tarde:

Florzinha número 27: amar é escolher um amor.

Mas isso era muito parecido com a outra florzinha que ele já tinha recolhido: *amor é renunciar*. Adormeceu, o rosto de Vayla bem junto dele, respirando calmamente. Pouco mais tarde, quis abraçá-la, mas percebeu que ela estava inquieta e tentava acordá-lo.
— *Blem* — sussurrou ela, indicando-lhe a porta aberta.
A aurora nascia, colorindo o céu, mas a aldeia continuava no escuro. Vayla apontou a casa do chefe, onde

Luis Felipe e o professor Pelicano estavam dormindo. Heitor escutou um ligeiro farfalhar. Mas, visto o que deu a noitada, seria de surpreender que seus amigos estivessem acordados numa hora tão matinal.

— *Blem* — repetiu Vayla, a testa franzida.

Duas pequenas silhuetas desciam a escada da casa do chefe. Uma delas segurava algo que brilhou um instante no reflexo pálido do sol nascente. Miko e Shizuru faziam as malas com a maleta do professor!

Heitor salva o amor

Pouco mais tarde, correndo pela floresta ainda escura, Heitor pensou que as artes marciais japonesas são de fato incríveis, mas o peso e as pernas compridas continuam a ser vantagens decisivas.

Seu nariz começou a sangrar de novo e ele temia que fosse agora quebrar uma costela com aquela maleta pendurada no braço. Tinha asas nos pés.

O barulho da corrida podia alertar um tigre à espreita, mas ele não acreditava muito nisso.

Parou. Nenhum ruído às suas costas. Ele tinha despistado as duas pequenas e temíveis nipônicas. Retomou o passo, mas dessa vez caminhando, enquanto recuperava o fôlego.

As árvores abriram um espaço na mata e Heitor viu-se subitamente na beira de uma falésia, dominando uma imensa planície de bosques que se estendiam a perder de vista. Ao longe, um templo em ruínas parecia despertar sob os primeiros raios do sol. A seus pés, cem metros rocha abaixo, corria uma cachoeira. A paisagem era magnífica.

Diante do sol nascente, Heitor refletia. Na maleta, encontravam-se as promessas de solução para todos os males do amor, o amor menosprezado, o excesso de amor, a falta de amor, o fim do amor, como dizia o velho Arthur. Mas ele pensou em Hi e em Ha, no Dr. Wei, em Miko e Shizuru... Lembrou o medo que ele próprio sentira pensando que Gunther, ou outros além dele, podiam fazer um uso terrível das experiências do professor. Criar uma servidão não consentida, forçar alguém ao afeto involuntário, unir, inclusive, uma vítima a seu carrasco.

O amor é complicado, o amor é torturante, o amor é causa de tantos infortúnios...

– Mas o amor é a liberdade! – gritou no silêncio.

E Heitor lançou a maleta cachoeira abaixo.

Heitor tem um sonho

Naquela noite, sentindo o sopro da respiração de Vayla em seu pescoço, Heitor teve um sonho. Estava no topo de uma bela montanha chinesa, em companhia de um velho monge que ele conhecera em outra grande viagem, anterior a esta. O monge lia atentamente o texto que Heitor lhe trouxera a respeito dos cinco componentes do mal-de-amor. Em torno deles o sol, as árvores, as nuvens, e o vento, que fazia palpitar as folhas entre as mãos do velho monge. Quando terminou a leitura, o monge sorriu.
— Bom — disse ele. — Muito bom. Mas você só apresentou a face sombria do amor.
— E como falar de seu lado iluminado?
— Mas é o mesmo, como as duas faces de uma mesma moeda! — disse o velho monge. E sorriu novamente.
Súbito, tudo se esclareceu.

Claro, pensou Heitor, cinco componentes contra cinco componentes!

Primeiro componente do amor: o sentimento de plenitude (o outro lado da saudade e da falta), a felicidade simples de ter o ser amado a seu lado, a sensação de paz e aconchego a cada vez que o vê, rindo, dormindo, pensando, e a incomparável felicidade de estar, ou de tomá-lo, em seus braços.

Heitor conhecia esse sentimento. Era o que vivera com Clara. E, devia reconhecer, também com Vayla.

Segundo componente: a alegria da dádiva (a outra face da culpa), o sentimento de que é feliz porque faz o outro feliz, a idéia de que o ser amado descobre conosco alegrias que nem suspeitava, que trazemos luz à sua vida, como ele trouxe à nossa.

Heitor lembrou-se de que isso parecia com uma das lições que tinha aprendido com o velho monge em sua primeira viagem: ser feliz é pensar na felicidade daqueles que amamos.

Terceiro componente: o reconhecimento (a outra face do ódio). Encantar-se e agradecer por tudo que devemos ao ser amado, os prazeres que nos deu, a maneira pela qual nos fez crescer e soube nos confortar e compreender e foi capaz de partilhar conosco alegrias e tristezas.

Heitor lembrou-se do que lhe tinha dito Clara certa vez. "Obrigado por existir". E ele teria podido responder com as mesmas palavras. E lembrou-se também da carta de Vayla.

Quarto componente: a confiança em si mesmo (o outro lado da desvalorização de si), essa felicidade que experimentamos simplesmente porque o ser amado nos ama, porque é a nós que ama, como somos, com nossas virtudes e nossas fraquezas. Apesar das provações e dos reversos da fortuna, das críticas dos outros e da dureza do mundo, sentir-se confiante graças àquilo que realmente nos importa: o amor do ser amado.

Heitor pensou em todas as pessoas que ele tinha ajudado. Teria sido impotente e seus esforços seriam vãos se não houvesse alguém que continuava amando-as custe o que custasse.

Quinto componente: a serenidade (a outra face do medo), a certeza de que, apesar das vicissitudes da vida, e seu destino sempre trágico, o ser amado sempre estará ao nosso lado nesse cruzeiro. As provas do tempo, as doenças, as mazelas da vida, tudo isso será suportável porque temos o ser amado ao nosso lado, para o melhor e para o pior, nas alegrias da boa fortuna e na provação das tristezas.

Heitor ainda era muito jovem para conhecer este último componente, mas, olhando o velho monge, sorrindo ali à sua frente, soube quanto esse componente era importante.

Mais tarde, enviou esses cinco componentes do amor ao velho Arthur, pensando que lhe faria bem e esperando que isso não o entristecesse ainda mais.

Epílogo

E você quer saber como essa história termina? Afinal, Heitor deu sumiço a todas as pesquisas do professor Pelicano e isso, com certeza, não deve ter agradado a muita gente. O que aconteceu depois disso?

Gunther, claro, ameaçou-o com um processo colossal, mas Heitor retribuiu a ameaça: revelaria a verdadeira história de Hi e de Ha, e tudo ficou por isso mesmo. O laboratório de Gunther gastava milhares de dólares em propaganda para apresentar-se como uma organização amiga da saúde e do meio-ambiente. Não ia gostar de ser visto como o empregador de um cientista maluco que transformou um doce ursinho panda num amante canibal.

O professor Pelicano desapareceu mais uma vez em companhia de sua amada Not e não seria de surpreender que esse ser original aparecesse mais dia menos dia com outras maravilhas, ou outros horrores, tirados do chapéu como um passe de mágica. E, se não ele, outros como ele, pois muitos são aqueles que se interessam pelos mecanismos do amor e não lhes faltam financiamentos, pode ficar tranqüilo... Ou inquieto... Claro, o professor, desde a história da maleta, tem raiva de Heitor e não fala mais com ele. Vai levar um tempo antes dos dois retomarem contato, mas eu tenho certeza de que esse momento chegará.

Luis Felipe voltou a viver com sua mulher e seus filhos, ocupado com seus negócios, mas viajando bem menos. São felizes e sabem que é preciso esforçar-se para manter duradoura essa felicidade.

Luis Felipe também ficou contrariado com o gesto de Heitor. Aliás, nem falou com ele durante todo o caminho de volta da aldeia dos gna-doas. Mas, no fim da viagem, quando se despediam no aeroporto, Luis Felipe disse:

— Eu não devia dizer isso a você, mas acho que eu faria a mesma coisa.

E abraçaram-se como dois bons amigos, o que, no fundo, eram mesmo.

Miko e Shizuru voltaram ao Japão, o que é natural. Aliás, se você acompanha as notícias, sabe que a taxa de casamentos entre os japoneses vem aumentando há alguns meses. Afinal, Miko e Shizuru puderam conhecer certos detalhes do trabalho do professor quando eram Lee e Wu...

Os gna-doas continuam a viver como sempre viveram, quer dizer, felizes, salvo quando outros lhes trazem a guerra. Se der uma passada por lá, vai entender essa felicidade, sobretudo se prestar atenção aos risos das crianças.

Pelléas e Mélisande continuam vivendo na floresta e as pesquisas do professor estavam mesmo no bom caminho, pois Pelléas nunca comeu Mélisande e, ao que dizem, parecem cada dia mais afetuosos um com o outro.

A capitã Lin Ziao, do Exército de Libertação do Povo...
– Espere, espere! – dirá você. – Isso não tem importância, nem quero saber. O que quero saber é o que aconteceu com Heitor e Vayla, com Clara e Gunther!

Bom, mais aí, justamente, eu também não sei muito bem.

Dizem alguns que toda essa história não passa de boatos. Heitor e Clara tiveram lá seus problemas, como todo casal, mas a verdade é que souberam enfrentá-los e continuam juntos, e estão pensando em ter um filho. Gunther, por sua vez, continua a ser um marido amoroso e um bom pai, e sua filha, aliás, vai bem melhor, obrigado.

Mas tem muita gente que afirma que isso tudo é um redondo engano, não é essa a história verdadeira. Sabem, de fonte segura, que Heitor ficou na região e vive nas montanhas com Vayla, em uma casinha construída sobre pilotis. Às vezes, são vistos na cidade dos templos, fazendo compras, e Heitor aproveita a viagem para coletar fundos e medicamentos para o posto de saúde que instalou numa das aldeias dos gna-doas. Heitor e Vayla também andam pensando em ter filhos. Heitor continua a se corresponder com Clara pela internet, pois são mesmo muito ligados um ao outro, embora experimentem um amor de tipo diferente por outra pessoa. E Vayla e Gunther sabem disso e não se importam.

Mas, não! dizem outros mais. Tudo não passa de frioleiras e invenciones. A verdade é que Heitor ficou tão desgastado com essas últimas aventuras pela Ásia que decidiu retirar-se por um tempo do mundo e de suas tentações e vive hoje num monastério da China, aquele mesmo onde mora o velho monge que ele tinha encontrado em sua primeira viagem.

Acreditar em quem? Você pode tentar verificar, mas o problema é que vai encontrar outras pessoas que dirão a você que todas essas histórias são mesmo verdadeiras ou, pelo menos, que todas elas aconteceram, no mundo real ou em outro mundo não menos real.

Porque o amor é complicado, o amor é difícil, às vezes o amor é mesmo torturante. Mas é assim que o sonho se transforma em realidade, diria o velho Arthur.

Agradecimentos

Obrigado aos amigos que acompanharam Heitor em sua viagem e abriram-lhe tantos horizontes. Em particular, àqueles que me é possível citar: Nicolas Audier, Jean-Michel Caldagues, Peter De Jong, Patrick de Kouzmine Karavaieff e Olivia Chai, Perr De Jong, Franck Lafourcade, Lin Menuhin e Xia Qing, Jean-Jacques Muletier, Yves Nicolaï, Servane Rangheard e, claro, Étienne Aubert por seus talentos como crooner.

Obrigado a Odile Jacob e a Bernard Gotlieb, e a sua equipe, pela atenção e apoio mais uma vez renovados que concederam às aventuras de Heitor.

Heitor e outros personagens citaram trechos das seguintes canções e poemas: *Que reste-t-il de nos amours?* de Charles Trénet, *Phèdre* de Jean Racine, *Love* de Nat

King Cole, *Je ne t'aime plus* de Manu Chao, *Lullaby* de W.H. Auden, *Quand j'serai KO*, de Alain Souchon, *L'invitation au voyage* de Charles Baudelaire.

E obrigado a Georges Condominas por seu livro *Nous avons mangé la forêt* (Mercure de France).

Esta obra foi composta por Eveline Teixeira
em Garamond e impressa em papel pólen-soft 80g/m²
da SPP-Nemo pela Bartira Gráfica para a
Sá Editora em novembro de 2006.